Nathalie Kuperman

Les raisons de mon crime

Gallimard

Nathalie Kuperman vit et travaille à Paris. *Les raisons de mon crime* est son septième roman. Elle écrit aussi des romans pour la jeunesse, publiés à L'école des loisirs et des pièces radiophoniques pour France Culture.

À Sylvie

— Et, tout pensifs, tandis que de leurs grands yeux bleus
Silencieusement tombe une larme amère,
Ils murmurent : « Quand donc reviendra notre mère ? »

Arthur RIMBAUD

PREMIÈRE PARTIE

MARTINE

L'appel

Martine pleure devant la tombe de sa mère. Son visage est boursouflé. Elle a grossi, elle est vêtue de noir, mais l'effet n'est pas chic. Elle porte un pantalon flasque et un pull qui dégouline jusqu'à mi-cuisses. Cela fait peut-être trente ans que je ne l'ai pas vue.

On m'avait prévenue, elle a changé. On m'avait prévenue, tu ne la reconnaîtras pas. On m'avait prévenue, comme si j'étais un être fragile à qui il fallait éviter les chocs. Quand je l'ai aperçue, j'ai presque été soulagée : elle était triste de perdre sa mère, avait vieilli, pleurait beaucoup, était un peu rouge, et assez grosse. Et puis je me souviens de la réception qui a suivi dans une salle des fêtes prêtée par la mairie. Nous pouvions y fumer tranquillement. Quand Martine m'a vue sortir mon fume-cigarette, elle est venue vers moi. Alors ça, c'est génétique ! s'est-elle exclamée. Et elle a extirpé son fume-cigarette d'un sac banane. Le mien était long, le sien était court et rafistolé avec du scotch. Je lui ai immédiatement promis de lui en offrir un, un beau, un long, avec des incrustations en faux diamants. Je devais, avant d'évoquer ce temps passé sans nous voir, lui faire don de quelque chose. Ce sont les premières paroles que nous avons échangées. On a parlé du bonheur de fumer avec un fume-cigarette, et en a ri. Je retrouvais ma cousine qui, pendant toutes ces années, ne m'avait pas manqué un seul instant, mais à laquelle je pensais parfois avec une curieuse envie de ne pas la connaître davantage, de la maintenir à distance. J'avais appris incidemment la mort de son frère, un jockey qui ne pouvait plus monter à cheval, et cette nouvelle m'avait bouleversée. Parce que j'avais aimé Jacques. Je le trouvais beau mais, surtout, je me glissais dans sa peau à chaque occasion. J'étais Jacques, un garçon, et je sautais sur mon lit en imaginant que je pourrais changer de sexe à force de prononcer tout bas, consciente que j'étais du blasphème : Je suis Jacques je suis Jacques je suis Jacques. Il m'aidait à résister aux injustices dans les cours de récréation, à imposer mes jeux, à séduire les filles qui prenaient le pouvoir dans la classe, à me dire que, de toute façon, je m'en fichais, j'étais un garçon. Jacques et moi, on s'était dit qu'on serait amoureux quand nous serions plus grands, et qu'on se marierait en cachette parce que les cousins n'ont pas le droit de se marier. J'aimais l'idée de protéger quelque chose qui ressemblait à un secret mais qui n'en était pas un. De fait, j'avais tout avoué à ma mère car une petite voix me forçait à ne rien lui cacher. J'avais annoncé : Jacques et moi, plus tard, on se mariera. Elle avait ri, et mon secret s'était mis à ressembler à une farce.

Depuis l'enterrement, dix années ont passé où Martine et moi avons vainement tenté de rester en contact. Je suis allée la voir une fois à l'hôpital, à la Pitié-Salpêtrière, parce qu'elle s'était fracturé je ne sais plus quel membre. C'était peu de temps après nos retrouvailles. Presque aucun souvenir de ce moment où j'entrai dans sa chambre, si ce n'est que nous avons parlé du prénom de sa fille. Elle insistait pour me montrer ses cicatrices. Un an plus tard, j'ai hésité longtemps à l'inviter à mon mariage. J'ai jugé plus prudent de m'en tenir au silence. Et puis ma fille est née, et Martine a tenu à venir nous rendre visite avec son ami Lucien, eux qui ne venaient jamais à Paris. Ils avaient apporté des fleurs, et je comprenais la valeur du présent : ces fleurs, c'était un sacrifice financier. Le temps a passé. Ma fille recevait tous les ans, pour son anniversaire, une carte signée de la main de Martine. La graphie, le style et l'orthographe en étaient impeccables, et j'y voyais la trace indélébile de ce que je connaissais d'elle lorsque nous étions des enfants : Martine était une petite fille douée, intelligente, vive et spirituelle. En plus, elle était d'une beauté saisissante ; je voulais lui ressembler en tout point.

Et puis, au cours d'une conversation qui date du début du mois de mai 2007, elle m'a annoncé qu'ils étaient tous pourris, et que le seul qui avait les couilles de dire ce qu'il pensait, c'était Jean-Marie Le Pen. Elle voterait pour lui aux présidentielles. Au cours de cette même conversation, elle a évoqué la Chiasse, cette teigne qu'elle ne voulait plus voir parce qu'elle ne pensait qu'au fric. Elle parlait de sa fille, une jeune femme de bientôt trente ans qui porte le même prénom que sa mère : Martine. J'ai raccroché avec un haut-le-cœur. Je ne voulais plus entendre parler d'elle.

Ce soir, elle me téléphone. Elle est tombée sur moi hier soir au Soir 3. Je m'exprimais sur la réforme des retraites à l'occasion d'un micro-trottoir. Elle me dit que c'est pour ça qu'elle m'appelle, parce qu'elle m'a vue à la télé. Jeannette aussi t'a regardée, m'annonce-t-elle. J'ai oublié qui est Jeannette, mais je ne le lui avoue pas. (J'apprendrai que c'est la sœur de mon grand-père.) Jeannette, elle trouve que tu ressembles de plus en plus à la vieille. Elle parle de Pépée, notre grand-mère à toutes les deux. Ben oui, Marianne, on vieillit ! dit-elle encore. Elle me demande ce que je deviens. Je lui explique que je suis depuis peu au chômage, et elle me conseille de me grouiller de trouver du boulot, parce qu'à mon âge il faut faire vite. Son mec, il ne trouve pas, et ne trouvera plus jamais parce qu'il s'est pété les deux hanches, et jardinier, quand t'as les deux hanches en bouillie... Je reconnais que ce n'est pas très drôle. J'entends la voix de Lucien en arrière-fond qui commente par un Ça, tu l'as dit ! Je comprends que le haut-parleur est tout le temps enclenché pendant les conversations téléphoniques.

Elle, Martine, elle s'est pété le poignet. On vieillit, dit-elle encore. Je me souviens des rares échanges que nous avions eus depuis que j'avais repris contact avec elle : elle était toujours en souffrance d'une cassure, d'une fracture : le pied, l'omoplate, le genou. Le plâtre, ça me connaît, mais personne ne dessine dessus, parce que pour ça faudrait que j'aie des visites. Elle me demande des nouvelles de ma fille, elle se souvient de sa date de naissance, ce qui m'émeut beaucoup. Je lui dis que tout va bien. Je lui demande comment va la sienne. Elle me raconte qu'elle ne verra plus cette garce qui lui a balancé en pleine poire qu'elle était inapte à s'occuper de sa petite-fille. Je note que ma cousine est grand-mère. On se salue. On sait que l'on ne va pas se revoir. Pour elle, venir à Paris alors qu'elle vit dans le Rambouillet dont personne n'a idée, le Rambouillet où des salauds jettent des ordures chez elle quand ses fenêtres sont ouvertes (elle vit au rez-de-chaussée), ça coûte trop cher, et elle n'a rien à faire à Paris. Je viendrai un jour, lui dis-je sans y croire. J'ai hâte d'écourter la conversation. Je l'embrasse, lui demande de saluer Lucien, le jardinier qui ne retrouvera pas de travail, et je raccroche. Soulagée d'en finir.

Mais deux minutes plus tard, je la rappelle. Je

lui demande si elle accepte que j'écrive un livre sur elle, sur nous, avec elle, je ne sais pas encore. Je lui avoue que le projet me taraude depuis que l'on s'est revues, il y a dix ans. Je la préviens que cela risque d'être très dur, elle n'a pas idée à quel point ça va être dur. Elle me répond simplement qu'elle possède une photo prise sur la plage de Saint-Clair qui date du temps où on se voyait entre cousins, et où on a tous l'air contents, du plus petit au plus grand. À cette époque-là, ajoute-t-elle, on était égaux.

Elle a compris mes intentions.

Nous avons rendez-vous demain à Rambouillet. À onze heures, parce que je dois être à Paris assez tôt pour aller chercher ma fille à l'école. Je déclare que je ne déjeune pas, qu'elle ne se casse pas la tête, je n'ai jamais faim à midi. Elle part dans un rire en m'annonçant qu'elle réussira bien à trouver des rognures dans les poubelles. Que débusque-t-elle en moi à ce moment précis ?

Tu prends la rue de l'Embarcadère à partir de la gare, puis la rue Chasles. Tu tomberas sur la place Félix-Faure. Je viendrai te chercher devant le Celtique, un bar que tu ne peux pas rater.

Je sais que Martine sera là. Impossible de pas être au rendez-vous. Je suis glacée : qu'ai-je fait ?

La vérité

Martine ne vit pas dans le Rambouillet dont personne n'a idée. J'ignore même si ce Rambouillet anxiogène et délétère existe vraiment. La pièce qu'elle partage avec son ami est au centre, rue de la République, dans une ville que je ne connaissais que de nom, mais qui n'abrite décidément pas les laissés-pour-compte. En revanche, oui, elle vit au rez-de-chaussée. Et, oui, au rez-de-chaussée, il est possible, lorsque l'on a les fenêtres ouvertes, d'être l'objet de mauvaises plaisanteries. Je m'étais fait une représentation apocalyptique de l'endroit où ma cousine habitait à partir de phrases telles que : Les voyous balancent leurs ordures chez nous. Non, tout va bien, la rue est calme, et jolie dans le soleil d'octobre. Une jolie petite rue sans histoires, située en plein centre d'une ville qui évoque les forêts. Je me promets de lui demander si, parfois, elle va se promener dans la forêt. Une question que j'oublierai de lui poser, tant les forêts s'éloignent à mesure qu'elle me parle, tant la couleur des feuilles et le bruit des brindilles sous les pas, l'odeur de la terre qui refroidit et le bruissement du vent dans les arbres n'ont soudain plus aucune importance. Et peut-être aussi redouté-je la réponse : Qu'est-ce que tu veux que j'aille foutre dans la forêt ? Une phrase que je n'ai jamais osé prendre à mon compte lorsque je déclinais les marches sylvestres le dimanche matin, tant l'idée des forêts me plaît, me hante et me fascine. La réalité des forêts est pour moi chose assez complexe. Rambouillet, donc. Martine est là, elle m'attend. Elle porte un blouson sport blanc décoré par une frise qui fait courir la marque autour de son torse, des baskets blanches elles aussi, elle a les mains dans les poches. Je la reconnais immédiatement et pourtant je doute un instant que ce soit elle. Ce doute est celui qui m'a saisie ce matin, lorsque mon réveil a sonné à sept heures et demie, et que je me suis souvenue de la promesse que je lui avais faite, que je m'étais faite. Nous sommes dans un rêve. Martine, place Félix-Faure, que j'embrasse comme dans un rêve, qui sent déjà un peu l'alcool, et je me persuade aussitôt que j'invente. Tu crois qu'elle sent l'alcool parce que tu as le souvenir qu'elle boit, mais ce n'est pas possible, pas maintenant, pas aujourd'hui, pas sous ce ciel absolument bleu qui rend la place Félix-Faure riante comme dans une pub Ricorée, toi qui t'étais représenté cette place au cœur d'une cité dangereuse dans le Rambouillet dont personne n'a jamais eu l'idée qu'il puisse ressembler au Bronx.

Je lui propose une cigarette, Non merci, je ne fume que des brunes, et d'ailleurs j'ai laissé mon paquet à la maison, comme ça je fume moins. Moi, j'en allume une. Je me sens incapable de ne pas avoir mon paquet sur moi. Je la félicite, je suis contente de la féliciter. Je ne me suis pas mise en baskets, j'ai évité l'imper dans lequel on me croise souvent, beige et triste et vieux de quinze ans, mais que j'aime bien. Je n'ai pas enfilé mon jean. Je suis juchée sur des talons hauts, moulée dans un pantalon en velours que je viens de m'acheter, je porte une veste en cuir que je me suis procurée à une vente et sur lequel tout le monde tombe d'accord : la peau est magnifique. Je ne veux pas jouer à On est pareilles. Mais je triche. Les pompes et la veste ne sont identifiables que par ceux qui ont les moyens de se les acheter. Martine et son mec n'y verront que du feu, parce qu'ils me verront moi, une fille venue d'ailleurs qui s'intéresse à eux, enfin.

Sur le chemin, Martine passe sa main dans tous les parcmètres, L'autre jour, j'ai attrapé vingt centimes. (*Maman, à ton avis, quelle heure est-il ?* J'entends la petite voix de ma fille qui me met au défi de deviner l'heure à la minute près dès que l'on passe devant un parcmètre. C'est un jeu qui l'amuse beaucoup.)

Sur le chemin, dans cette jolie rue ensoleillée de Rambouillet, j'étais dans un rêve. Me lever le matin, prendre le train gare Montparnasse, regarder par la fenêtre en renonçant à lire, voir le paysage changer et verdir, arriver à destination, emprunter la rue de l'Embarcadère. J'étais dans un rêve. Martine est la fille de la sœur de ma mère, me disais-je. Mais ça ne prenait pas. La famille n'avait aucun sens.

Martine, donc, ne m'épargna pas la scène des parcmètres. Je suis ici pour un livre, me disais-je. Et l'idée du livre me protégeait. Je ne suivrais pas ma cousine si je n'avais pas l'intention d'utiliser la rue, cette main qui espère rencontrer des pièces, pour en fabriquer une histoire. Un livre, des pages, des mots, du papier, me disais-je, et Martine au milieu de tout ça, mon héroïne. Mais qu'allions-nous devoir traverser elle et moi pour qu'un livre avec des pages et des mots aboutisse ? Je la mets en garde : Martine, je te préviens, ce sera dur. Tu n'as peut-être pas conscience à quel point ce sera dur. Dur, c'est le seul mot qui me vient. En quelque sorte, je la menace, et elle me répond simplement : Tu diras toute la vérité, je te raconterai tout, et tant que ce sera la vérité tu peux tout dire, même que ma mère ouvrait la braguette de mon mari dès que j'avais le dos tourné, qu'elle avait bu, et que je devais aller la coucher en lui laissant un litron de rouge sur la table de nuit.

Moi, j'aime entendre la pluie sur les toits quand je suis au chaud dans mon lit, disait ma tante. J'étais petite, je voulais prouver que j'étais capable moi aussi d'avoir quelque chose à dire sur le sujet. C'est encore meilleur quand on imagine des gens sous la pluie et qu'on est au chaud dans son lit, avais-je décrété, fière d'apporter un nouveau point de vue sur la question. Ma tante m'avait regardée, et elle m'avait jugée mauvaise. J'aurais voulu m'être tue. C'est le plus beau souvenir que je garde d'elle. Elle était une adulte généreuse ; j'étais une enfant qui ne savait rien. La pluie qui tombe me la rappelle, et j'ai su me trouver toujours à l'abri. J'aime entendre la pluie sur les toits quand je suis au chaud dans mon lit. La pluie tombe, et je suis au chaud dans mon lit. Être au chaud dans son lit. Je ne vis que pour ça. Et Martine m'a téléphoné. On t'a vue à la télé, hier soir. Au Soir 3. T'as raison, c'est vache, la retraite à soixante-deux ans. J'en ai cinquante et un, et je peux te dire que, la retraite, j'y suis déjà depuis longtemps ! C'est une retraite forcée, et sans les avantages !

Martine. Je reconnais tout de suite sa voix. C'est mon ex-mari chez qui elle a téléphoné qui lui a donné mon numéro en l'assurant que je serais ravie qu'elle m'appelle. Elle est d'abord tombée sur ma fille, qui a été très polie, mais qui ne comprenait pas qui elle était, puis elle a parlé au père de ma fille, tellement gentil, tellement doux, vraiment adorable. Pourquoi s'est-on quittés ? J'anticipe la question, fermement décidée à ne pas répondre. Mais la question ne viendra pas.

Je vais écrire un livre sur toi. C'est un projet qui me hante depuis longtemps. Mais tu sais, ça va être dur. Et puis, c'est tout de même moi qui l'écrirai, en fin de compte. Il y aura des mensonges, des inventions, tu m'en voudras, forcément, parce que je ne vais pas être tendre. Je m'en balance, de ta tendresse, ce que je veux c'est la vérité, que tu dises toute la vérité. Je te raconterai tout, même quand le père de ma fille m'a tiré dessus avec un fusil. Et Jacques, mon frère, tu sais quoi ? Quand les pompiers sont venus, ses organes étaient noyés dans du liquide. Il flottait dans l'alcool, et son foie est revenu par sa bouche. Sa femme, elle avait pour mission d'accepter qu'il boive sans prévenir personne, jusqu'au moment où elle a su qu'il allait mourir, et alors elle a fait le 18.

Jacques, c'était mon premier amour. Il avait des taches de rousseur, et on l'appelait le petit pois parce qu'il était petit. J'ai continué toute ma vie à aimer les petits. Je me souviens d'un séjour interminable au ski où tout me manquait : la chaleur, les amis, la mer et les salades de tomates du jardin de ma grand-mère. Les tomates étaient loin de moi et je pouvais tranquillement imaginer que j'en avais envie. J'étais obligée de faire semblant d'apprécier la fondue savoyarde, semblant de m'amuser lorsque je perdais mon morceau de pain dans la soupe de fromage fondu, lorsque mon frère hurlait à me ficher la honte : Elle a un gage ! Elle a un gage ! Alors je pensais à Jacques. Je sautais sur le lit de l'hôtel La Rua, à Albiez-le-Vieux, en criant Jacques Jacques Jacques ! Et Jacques était avec moi, dans l'hôtel, sur les pistes de ski où je tentais de glisser du mieux que je pouvais car j'étais lui, tout simplement lui en combinaison de ski, le regard vers les montagnes pour ne pas voir le bas de la piste, pour être à la hauteur du défi, dévaler une pente en schuss. Le mot *schuss* était tellement associé à lui, et aujourd'hui encore, petit pois, tout schuss, des mots courts, directs, qui vont vite. La vie ressemble à ces mots-là, et Jacques était la vie pour moi. Quand j'ai appris sa mort, j'étais déjà si loin de lui. C'était, m'a rappelé Martine, le 14 mai 1998. J'ai ressenti une profonde tristesse, qui n'a duré que quelques secondes. Un schuss de tristesse.

Lucien nous fait des grands signes. Il est devant la maison. Nous sommes arrivées. La rue ne s'est pas transformée en coupe-gorge ; elle est toujours aussi gaie et pimpante. Nous entrons dans un couloir qui mène à une petite cour, charmante, avec une table ronde et des chaises, un coin d'herbe et des fleurs sous lesquelles sont enterrés un chat et un rat, m'apprennent-ils. C'est beau, je dis. Oui, c'est beau. Mais après, tu vas voir, on va s'engouffrer dans le taudis. On va te faire faire la visite, et ça ne va pas durer longtemps. Je suis prévenue. Je m'extasie sur le petit jardin, voudrais y traîner, y rester, la lumière est belle et je pourrais imaginer qu'on va manger dehors comme à la campagne quand l'été indien permet de se retrouver autour d'un barbecue, profitons-en, ça ne va pas durer, et les enfants qui résistent bien aux premières fraîcheurs de l'automne courent partout, et l'on enterre l'été en faisant des projets pour l'année qui vient.

Allez, c'est par ici ! Je me laisse guider. Non, nous ne sommes pas dans le Rambouillet dont personne n'a idée. Nous sommes en centre-ville, dans une ville tout à fait coquette et charmante, proche de la forêt, éponyme. J'entre dans une pièce. Voici la pièce principale. Et puis c'est tout. Ils rient comme s'ils me jouaient un mauvais tour. Quinze mètres carrés, me précisent-ils. Mais y a tout. Le micro-ondes, le four, on les a eus à l'œil. Je vois des peluches, épinglées sur le mur, au-dessus du lit. Des lapins, des ours, des éléphants, des girafes, des hippopotames, et Oui-Oui.

Pose ton sac sur le lit, tu veux un cintre pour ta veste ? Non, merci. Tu peux t'asseoir sur le lit. Non, je vais m'installer sur la chaise. Qu'est-ce que tu veux boire ? De l'eau. Contrex ou Évian ? Évian. J'ai le choix entre deux eaux, et les bouteilles d'eau envahissent une partie de l'espace, j'ai du mal à le croire, moi qui ne bois que l'eau du robinet. Je suis dans un rêve. Alors, tu es là ? Tu es bien là, ma cousine ? Oui, je suis là. Et maintenant ? On va à l'essentiel. Lucien a une course à faire. Il sort. On va à l'essentiel. Lucien restera un moment absent. Les gâteaux que je voulais acheter pour le dessert, c'est lui qui ira les acheter à l'autre bout de la ville parce que le lundi tout est fermé. On va à l'essentiel. J'ai apporté un présent, mais si petit. Et les gâteaux que je comptais apporter, je ne les ai pas achetés. Toutes les boulangeries du coin sont fermées le lundi. Il faut partir loin pour trouver une boulangerie ouverte. Alors Lucien est allé faire un tour, mais c'était pour acheter des gâteaux. Trois délicieux gâteaux dont une tartelette aux fraises que j'ai engloutie pour en finir vite (je ne suis pas portée sur les pâtisseries), mais eux ne voulaient pas de gâteaux, enfin, pas tout de suite, l'un n'était pas tenté, et l'autre n'avait pas faim. Ils m'ont proposé d'emporter les deux autres pour ma fille, et j'ai décliné, bien sûr, il n'en était pas question. Oh, non, il n'en est pas question ! Que j'étais laide et sotte et ridicule d'être là à dire Oh non, il n'en est pas question. J'aurais dû répondre que, oui, je les prenais, que ma fille les dévorerait avec plaisir. Leur générosité me mettait mal à l'aise, les gâteaux que je n'avais pas été fichue d'acheter me restaient en travers de la gorge. Ah oui, je voulais écrire un livre ? Je voulais écrire un livre et je n'achetais pas de gâteaux.

Je ne pouvais pas faire un geste ou respirer un grand coup sans que Martine me prévienne que, la vérité, j'allais la connaître. Une menace qu'elle était impatiente de mettre à exécution.

Nous étions dans une pièce dont les carreaux au sol étaient disjoints. De charmants rideaux ajourés recouvraient les fenêtres. Une armoire en faux bois et un amas d'affaires entassées au-dessus. Un livre, un seul : Jean-Louis Fournier, *Où on va, papa ?* Non, je ne l'ai pas lu. Je le regrette si fort à cet instant. Ils me parlent de

Jean-Louis Fournier comme de quelqu'un de la famille, et vont jusqu'à me montrer des photos du couvre-lit d'Alice, la fille de la fille de Martine. Ma cousine s'est donné du mal pour représenter la Noiraude au point de croix, la Noiraude de Jean-Louis Fournier. Tu te rends compte, cette couverture, j'ai pas compté mes heures ! Et c'est comme ça qu'elle me remercie, la Chiasse, elle veut plus que je m'occupe de sa fille sous prétexte que je l'ai photographiée pendant qu'elle pleurait. Moi, j'y peux rien, les enfants, je ne les aime que quand ils pleurent. Ça fait de très jolies photos.

Je sors un bloc Rhodia 14,8 × 21. J'ai beaucoup hésité sur le format. Prendre un cahier aurait fait scolaire. Un bloc 21 × 29,7 aurait donné trop d'importance aux notes que je voulais discrètes, comme prises en passant.

— Je vais tout te raconter sur les sept bonshommes que ma mère a zigouillés les uns après les autres.

— Quand ma mère a eu le crabe, elle a dit que c'était logique, qu'elle mourrait par où elle avait péché. (Ma tante est morte d'un cancer de l'utérus.)

— Jacques, quand les pompiers sont arrivés, il avait le foie qui lui sortait de la bouche. Il était rempli d'alcool, et tous ses organes flottaient.

— Ma mère était en état d'ivresse permanent. Elle a voulu m'écraser plusieurs fois avec la R 16.

Noter discrètement, et travestir mon écriture

pour que ses yeux ne balaient pas la feuille, ne décèlent pas les horreurs que je suis en train de noter. Elle aurait peine à croire que ce sont ses propres mots. L'écriture transforme, de toute façon. Qu'elle transcrive des faits réels ou imaginaires, c'est la même chose ; elle donne valeur de vérité. Et cette vérité-là, je ne suis pas certaine que Martine en veuille, malgré ses bonnes intentions. Je me protège aussi du regard de Lucien, qui rôde derrière moi et ponctue toutes les phrases de ma cousine par : Si je n'étais pas entré dans sa vie au bon moment, elle serait morte, Martine. Morte. Et ma cousine d'acquiescer. Elle accepte qu'il lui rappelle que, sans lui, elle ne serait plus là. Je ne peux m'empêcher de douter un peu, mais c'est leur version, et c'est donc la bonne. Et puis ils me demandent si ça ne me dérange pas qu'on mette la radio. Non, non, bien sûr. Le poste est installé dans la salle d'eau dont la porte reste grande ouverte. C'est Radio Nostalgie. La musique s'engouffre, *Could You Be Loved*, mon Dieu, que ça fait du bien. Le Bourget, 1980, Bob Marley. Un tout petit point au loin sur la scène, mes yeux sur la nuque du garçon que j'aimais et que j'avais peur de perdre dans la foule. Un souvenir, une bouffée d'air, j'avais dix-sept ans, j'allais au concert, au lycée, j'en voulais à ma mère qui faisait semblant d'admettre qu'une adolescente est torturée par nature. Je passais mon temps à marmonner « J'm'en fous » entre les dents, faisant de cette phrase mon bouclier contre toutes les choses qui m'atteignaient. Mon père s'était tiré avec une autre et ma mère était devenue si triste qu'elle s'était mise à consommer des soupes Royco devant la télé en répétant qu'une bonne soupe assortie d'un bon film valait toutes les histoires d'amour du monde. Finis les longs discours pour me convaincre que la télé rendait idiot et que seuls les livres valaient de rester vautré des heures sur un canapé. J'étais tranquille de ce côté-là, mais ses humeurs noires me tombaient parfois dessus à la manière d'un couperet. Pour mon grand malheur, elle voulait mon bien, et ce doublement depuis qu'elle avait renoncé à éprouver le sien. Mais j'avais la possibilité de me foutre de tout. C'était le grand luxe. Désirer mourir d'amour (parce que, après tout, je m'en foutais), ça m'est arrivé plusieurs fois, jusqu'à m'allonger en plein tournant sur une route de campagne ou sur le boulevard Saint-Germain à quatre heures du matin. À y repenser, ce furent peut-être les plus beaux moments de ma vie.

Bob Marley, donc, qui m'accompagne quelques minutes pendant que Martine me parle du premier homme que sa mère a tué. Simon, le sosie parfait d'Aznavour. (Je m'en souviens, peut-être l'ai-je vu une fois quand j'étais petite, mais n'était-ce pas ma mère qui m'en avait fait la description physique ?) Un type beaucoup plus jeune qu'elle qui biberonnait comme un fou, et qui était atteint... Comment ça s'appelle la maladie des alcooliques qui délirent comme des dingues quand ils essaient d'arrêter ? J'avance : Delirium tremens ? (Longtemps, j'ai cru, en entendant le nom, qu'il s'agissait d'un tout petit délire de rien du tout. L'idée que l'on puisse en mourir me surprend toujours.) C'est ça, Simon, il avait le delirium tremens. Même qu'il pêchait dans le vide-ordures. (Je note : Simon pêchait dans le vide-ordures. Je trouve la phrase très poétique et ne demande pas plus d'explications que ça. J'ai le cœur sec.) Et Simon, c'était l'amour de ma mère. Même mon père, elle ne l'a pas aimé autant. Et puis il ressemblait à Charles comme deux gouttes d'eau, c'était à croire qu'on avait la berlue. Mais qu'est-ce qu'il tenait ! Il n'aurait pas pu chanter sur scène *J'me voyais déjà* sans s'effondrer au bout de deux minutes. Ma mère et lui, ils se foutaient sur la gueule, bien sûr, mais ils s'aimaient. Et puis il est mort vite. Oh, mais le plus drôle — ah, il faudra que je te raconte, ma mère, c'était quelqu'un, quand même — c'était l'enterrement de Maurice Bourguignon. Ma mère, elle avait décrété qu'il fallait l'enterrer tout nu ! Ça a fait un de ces bordels !

Je n'ose pas demander à Martine de faire une pause, ne serait-ce que pour établir une chronologie. Je suis perdue dans mes notes. Je bois de l'Évian pour faire quelque chose de mes mains, et je fume cigarette sur cigarette. Eux fument aussi, des brunes, et les fenêtres restent fermées. Il n'est pas encore midi et, pourtant, un vilain cinq heures du soir pèse déjà sur mes épaules.

Je dois faire un véritable effort pour ne pas m'enfuir. C'est trop. Je n'y arriverai jamais. Il y a la possibilité d'aller aux toilettes, de m'isoler dans la salle d'eau, de fermer la porte, de me retrouver seule. Je la saisis.

Démarre, alors que je me rhabille, *Le cœur grenadine* de Laurent Voulzy. Je me surprends à resserrer la ceinture de mon pantalon en me trémoussant et en guettant mes gestes dans le miroir. Je me mets à chantonner *J'ai le cœur grenadine, pas de soleil, sur ma peau oh oh oh oh oh oh, j'en passe, j'en passe, j'en passe des nuits, des nuits, des nuits à caresser du papier, ouh ouh ouh, des lettres de toi, mais le papier, c'est pas le pied, j'voudrais tellement, tellement, tellement, tellement être là-bas avec toi...* et finalement je chante de plus en plus fort, je me lave les mains en tenant la mélodie, c'est une chanson que je n'ai pas, ne serait-ce qu'une seule fois, fredonnée, que jamais je n'aurais imaginé apprécier, mais que j'aime si fort en cet instant que je décide de rester enfermée dans les toilettes jusqu'à ce qu'elle se termine. Impossible. Elle est trop longue, et je ne suis pas en mesure d'imposer un caprice dans ces circonstances. Je sors en continuant à chantonner, mais le cœur n'y est plus, je veux juste prouver que je suis à l'aise. Ils se sont levés pendant mon absence, pour m'attendre mieux peut-être, ou pour s'aérer, eux aussi. Lucien me dit Je peux pas le blairer. On parle de Voulzy. J'aime bien son copain, Souchon, mais lui, non. Martine ne l'aime pas non plus. Je m'associe à eux dans la détestation. On est réunis autour d'un type qu'on débine, et ça nous fait du bien. On se rassoit. C'est un flottement soudain autour de la table. On ne sait plus quoi se dire, parce que se lever, puis s'asseoir, force un peu les situations. On sait vaguement pourquoi on se lève, on oublie pourquoi on se rassoit. On est peut-être un peu las, fatigués les uns des autres, mais ce n'est pas l'heure d'en finir, il faut manger, et parler encore, et dire ce qu'on a sur le cœur, forger ce qui fait figure de rencontre même si l'on sait de part et d'autre que la rencontre n'est pas notre beau souci.

Lucien amorce un retrait, sachant intuitivement qu'il faut bouger. Il annonce qu'il a encore une course à faire, et puis après on mangera.

Tu sais, Martine, je ne sais pas ce que c'est, la vérité. La façon dont je vais raconter les choses te paraîtra sûrement fausse, et cruelle. La vérité, m'interrompt-elle, il n'y a que ça qui compte, et je la dirai jusqu'au bout. Pour lui prouver le contraire, je sors les trois pages que j'ai commencé à écrire la veille.

Les chansons

Martine va chercher ses lunettes. Elle les trouve enfin, les chausse, et commence la lecture. Je voudrais disparaître. Je me lève et me promène dans les quinze mètres carrés comme dans un musée. Je concentre mon attention sur chaque détail pour retenir des éléments qui pourraient être utiles à la fiction. Mettre en fiction la photo autour d'un parasol où tout le monde a l'air gai, en vacances, et débarrassé de l'ennui qu'il y a à vivre chaque seconde d'une pénible vie, tous détendus et souriants au point que je les envie à ce moment précis de sembler n'être nulle part ailleurs que sur le cliché. Je détache mes yeux des vingt centimètres carrés de bonheur, et j'erre sur les murs comme un chien qui attend les coups. Martine se marre ; c'est le coup du fume-cigarette. Ah, toi aussi t'as pensé que c'était de famille ? T'as pas tort. Le mien, à côté du tien, c'est pas rafistolé qu'il était ! Je souris, j'attends. Je me demande si j'ai déjà attendu avec tant d'anxiété quelque chose. Oui, bien sûr, on oublie tout ce qu'on a vécu quand on n'est plus dans l'action. J'ai attendu des appels téléphoniques en me disant que, s'ils n'arrivaient pas, je sauterais par la fenêtre. À Rambouillet, nous sommes au rez-de-chaussée, et ce constat me fait sourire. Je ne suis pas en situation à haut risque. Le pire qui puisse arriver, c'est que ma cousine me dise : Tu arrêtes tout. Et si elle me l'avait dit ce jour-là, j'aurais abandonné toute velléité d'écrire.

Martine lisait, et je ne cessais de tournicoter dans la pièce en fumant une cigarette. Je regardais Oui-Oui, et je lui parlais secrètement : Qu'est-ce que tu fais là, immonde petit bonhomme, qui es-tu pour que j'attache mon regard sur toi dans un moment si important? Quelle espèce d'empaffé es-tu pour tenir les rênes de la morale y compris ici où tout devrait te faire fuir, petit morveux de donneur de leçons, que je n'aimais pas lorsque j'étais enfant, et que je déteste encore aujourd'hui? Mais Oui-Oui continue à sourire de ce sourire béat qui me donne envie de le saisir et de le jeter à la poubelle. Il faudra que j'aborde Oui-Oui avec Martine, mais ce n'est ni le jour ni le moment. Quand je parlerai de Oui-Oui avec elle, c'est que les choses auront bien avancé, que nous serons détendues, et que nous nous ferons confiance. Ce qui n'est pas le cas en ce 11 octobre frais et beau qui annonce un hiver rude et une année difficile.

Ce temps pendant lequel Martine lit me paraît interminable. Trois pages. Quel poison ai-je distillé en si peu de mots ? Martine pleure et prend un morceau de Sopalin pour essuyer ses larmes. Je l'assure que, si elle veut, on arrête tout. Je lui touche la jambe, amorce une caresse pour la consoler. C'est dur, c'est trop dur, n'est-ce pas ? l'encouragé-je à avouer. Fonce ! me dit-elle. Fonce est dit dans un cri qui ne se déplie pas en cri mais reste coincé dans la gorge, une sorte de souffle rauque. Ce « Fonce ! » va m'empêcher de dormir pendant plusieurs nuits.

Et puis, immédiatement, l'envie de tout dire, et se bousculent des épisodes sordides estampillés du mot « vérité ». Je tente de prendre des notes, mais ma main s'y refuse parfois, tant tout est confus. Ma mère a tué sept hommes, elle les a zigouillés les uns après les autres, je te dis ! J'adopte un ton distant pour lui demander de m'en établir la liste ; on les reprendra tranquillement un par un. Mais comment croire que sa mère a tué sept hommes ? Ma tante aurait été une serial killer et je l'aurais ignoré ? Je ne considère pas la chose avec sérieux. Et l'idée que je pourrais être la nièce d'une serial killer ne me trouble pas en cet instant. Je reste rationnelle en me convainquant que la chose est impossible, et j'ai fichtrement besoin de rationalité pour continuer à écouter. Un sourire idiot doit flotter sur mes lèvres car Martine fronce les sourcils et tente de me convaincre qu'elle ne raconte pas n'importe quoi. Alors, je me dis : Elle magnifie sa mère. Elle la charge pour mieux l'admirer. Elle me raconte n'importe quoi pourvu qu'elle capte mon attention. Elle veut forcer mon admiration. Parce qu'il y a quelque chose d'admirable à tuer sept hommes à la queue leu leu dans une période relativement courte sans être inquiétée par la justice. Heureusement que Oui-Oui n'entend pas ce qu'on dit. Il appellerait son copain le gendarme et l'on se retrouverait tous au poste pour complicité d'assassinat. Oui-Oui, bouche-toi les oreilles. Petit crétin qui ne comprend rien à rien. Tu ne vaux pas mieux, me répond Oui-Oui en ne se départant pas de son sourire faux jeton. J'improvise des jeux avec une peluche pour m'éloigner de la situation. Car nous sommes bien dans une situation, je remarque que les yeux de ma cousine ne sont pas exactement de la même couleur, et je me demande quelle tuile lui est encore tombée sur la tête pour qu'il en soit ainsi. Je lui poserai la question plus tard. Ce n'est pas l'urgence. Je me rends compte que ces mots me traversent l'esprit : « Ce n'est pas l'urgence. » Une phrase affreuse de journaliste pressé d'en finir avec un papier, alors que je me trouve devant une plaie béante qui ne demande qu'à bien faire : dire la vérité. Et pendant ce temps-là, je joue avec Oui-Oui pour prendre du recul, m'effacer, disparaître. Mais Martine ne m'a rien demandé. C'est moi qui viens lui sucer le sang, la faire parler, la faire pleurer, la sommer de m'expliquer pourquoi, bon sang ! elle est devenue ce qu'elle est devenue. Ce n'est pas l'urgence. Ses yeux de couleurs différentes, après tout, qu'est-ce qu'on s'en fout. Ils se sont ruinés pour m'offrir des gâteaux, et je pense aux yeux de couleurs différentes de ma cousine, notant dans un coin de mon cerveau qu'il faudra que je pense à lui demander de me fournir des explications.

La course de Lucien n'aura pas duré bien longtemps. On va passer à table. Charles Aznavour déboule dans la pièce avec *La bohème.* Tout se fige. Je voudrais devenir transparente pour ne pas faire écran entre lui, le grand Charles, et Martine. Lucien s'agite, il sait que le moment est grave, il connaît le rituel. Lucien qui répétera toujours qu'il connaît toute l'histoire, tous les détails de la vie de celle à qui il a voué la sienne. Charles, donc, et *La bohème,* dont je n'ai jamais retenu un traître mot, parce que dès que j'entends Aznavour je ferme les écoutilles.

Eh, la vieille, t'es là ? T'entends ce que j'entends ? Tu chantes avec moi ? Non, tu préfères qu'on se taise et qu'on l'écoute. T'as raison. Pour une fois, je suis d'accord avec toi. Tout se passe bien pour toi ? OK, j'ai compris, je ferme ma gueule. Et à mon intention : Maintenant qu'elle est là-bas, je la respecte. Quand elle me demande un truc, j'obéis. Il fallait qu'elle meure pour que je devienne une petite fille bien sage. C'est le comble ! Une emmerdeuse pareille qui arrive à ses fins ! À l'intention de sa mère : Tu m'as quand même bien fait chier ! D'accord, d'accord, je ne dis plus rien !

Et la chanson s'achève dans un silence troublé par un sanglot. Martine pleure. Heureusement, France Gall prend le relais. *Je suis une poupée de cire, une poupée de son.* Je n'ose avouer que maintenant c'est ma mère qui entre dans la danse. Cette chanson de France Gall est l'un de mes premiers 45 tours. J'avais neuf ans, et le passage que j'aimais par-dessus tout, c'était : *Seule parfois je soupire/Je me dis à quoi bon/Chanter ainsi l'amour sans raison/Sans rien connaître des garçons.* Je me disais que, des garçons, j'en connaîtrais un jour, mais qu'aujourd'hui j'étais comme France Gall, seule et désespérée. Ma mère ne comprenait pas mon goût inconsidéré pour cette chanson qu'elle jugeait stupide et dégradante pour les femmes. Elle tentait de m'expliquer qu'une fille qui parle d'elle comme d'une poupée, même si elle le déplore, est sur le point d'accepter d'être une poupée. Moi, je ne voyais pas ce qu'il y avait de mal. Je me souviens d'une conversation où mon père avait été convoqué pour que l'on évoque ensemble, en famille, la question de la place de la fille dans la société. Mon père avait traîné la patte, mais il s'était fendu d'un discours féministe qu'il débitait sous le regard sévère de sa femme qui l'attendait au tournant. Je ne comprenais toujours pas pourquoi je ne devais pas écouter ce disque qu'une amie de ma mère m'avait offert quand elle avait su que j'avais reçu un pick-up pour mon anniversaire. La conférence s'était terminée dans les larmes et, de rage, j'avais brisé le disque en deux. Mes parents, effrayés par la brutalité de mon geste, s'étaient sentis coupables. Le lendemain, France Gall entrait par la grande porte dans la maison. Il était interdit d'interdire, même si ça faisait mal au ventre. Mais la chanson avait perdu de son sel, et la chaleur des garçons n'opérait plus son pouvoir sur moi.

Ça, c'est mièvre, lance Lucien. Évidemment, après Aznavour, c'est fade, dit Martine. Je précise, pour la forme, que c'est Gainsbourg qui a écrit les paroles. Aucun effet. Gainsbourg, ça ne leur cloue pas le bec. Ce n'est pas la misogynie de la chanson qui les ennuie. Ils n'aiment pas, point. Je ne me sens pas la force de défendre France Gall, et encore moins d'expliquer pourquoi j'ai des frissons quand j'entends *Poupée de cire, poupée de son.* Après l'échange transcendantal que Martine vient d'avoir avec sa mère, ma petite histoire est raplapla, minable, pas racontable. Et puis, de toute façon, je ne suis pas dans cette pièce pour parler de moi. Ou peut-être est-ce simplement que je n'ai pas envie de m'entendre dire que mes parents étaient des cons. Je les protège, je me protège. Je demande à Martine de s'ouvrir à moi ; je l'ai déjà prévenue que notre prochain rendez-vous aurait trait à l'alcool. Martine boit. Je lui fais croire que je bois aussi pour affaiblir ses défenses. L'alcool a frappé dans la famille, frappe encore, et nous survivons.

L'absence

Martine me manque. Je tourne autour du téléphone, saisis le combiné, compose le numéro, mais renonce à appuyer sur la dernière touche. Je raccroche. L'appeler n'a pas de sens. C'est encore trop tôt. J'ai pourtant besoin de m'assurer qu'elle est bien là. Bien sûr, elle est là. Jamais elle ne sort, jamais elle ne va au restaurant, jamais elle ne va boire un verre, au prix du café. Les courses, c'est Lucien. Hormis les visites chez le kiné et le pain que Lucien rechigne parfois à aller chercher, il n'y a pas d'ailleurs possible. Maintenant que j'ai ses quinze mètres carrés en tête, que je connais la texture de sa table en contreplaqué, que je me suis assise sur l'une des trois chaises qui entourent cette table, je ne peux m'empêcher de l'imaginer, le regard vide, se resservant de la « limonade artisanale ». Du blanc mélangé à un peu d'eau, m'a-t-elle expliqué, dont elle verse le contenu dans un verre qu'elle porte à ses lèvres sans discontinuer. Je repense à la bonne blague qu'elle m'a faite en me persuadant que la sorte de citronnade qui se trouvait à l'intérieur de la bouteille donnait du peps et était bonne pour la santé. Qu'est-ce qu'elle a ri quand elle s'est rendu compte que j'y avais cru ! Parce que, oui, si bizarre que cela puisse paraître, j'ai imaginé que le liquide jaunâtre était de la citronnade. J'ai même failli accepter d'en boire, pour accompagner et trinquer, mais une boisson sucrée ne me tentait pas avant le déjeuner ; je préférais rester à l'eau. Lucien était au rouge. Les verres qu'il se servait n'étaient pas hypocrites. L'alcool remplissait le verre et se vidait d'un coup sans chichis. Il se resservait aussitôt, d'une humeur égale, il était lui-même, un Lucien qui buvait beaucoup et qui, au cours de nos multiples tentatives de conversation, me demandait si oui ou non il avait une gueule d'alcoolique. Non, répondais-je avec toute la conviction dont j'étais capable. Eh ben, tu vois ! triomphait-il. Je ne savais plus trop où j'en étais, parce qu'ils ne cessaient d'évoquer les vrais alcooliques, ceux qui avaient pourri leurs vies et qui, eux, buvaient vraiment beaucoup. Mais tout de même, me disais-je, l'alcool a bien transformé quelque chose chez ces deux-là. Je ne suis pas en plein rêve. Ils me faisaient douter de tout, riaient parfois à des évocations qui me glaçaient de terreur, des têtes dans des cuvettes de chiottes, des tentatives d'assassinat, des scènes de ménage où les objets tranchants n'atteignaient pas la cible tant l'agresseur était saoul, et de remercier la Valstar d'avoir engourdi les sens du criminel potentiel.

Oui, je doutais de cette vérité dont Martine se portait garante, et que je refusais d'entendre. Je souriais, souvent. Pour être en phase, et parce que le sourire se crispait sur mes lèvres pour me protéger d'une crise de panique.

Pourtant, ce soir, ils me manquent. Martine, surtout, mais j'ai compris très vite que je ne pourrais pas me rapprocher de ma cousine sans prendre sous le bras son ange gardien. Il lui tient lieu d'ailes, ce bonhomme tout cassé des deux hanches, dont l'œil droit est éteint tandis que l'autre peine à voir. Pourtant, il me regarde droit dans les yeux et porte sur moi un regard franc. Il voudrait m'aider, parce que l'on a forcément besoin d'aide. Il me rassure : La vie, ça boite, mais tant qu'on est en vie il faut faire avec. Moi, ma vie, ça a été de sauver Martine. Lucien a onze frères et sœurs qu'il a perdus de vue, a connu les foyers quand son père s'est pendu, et il ignore tout de sa mère. Il s'est tenu à l'écart de la paternité. Par générosité et par grandeur d'âme. Ça ne l'empêche pas de prononcer ces mots : Quand je vois des bonnes femmes avec leur landau et leur chiard qui braille, je me demande ce qu'elles peuvent bien avoir dans le cul, ces salopes. Je regarde Martine, m'attendant à une réaction. Elle a une fille. Mais elle rit parce que son prince a un sacré sens de l'humour et qu'après tout il n'y a pas de mal à critiquer les mères. Elle a une mère. Plus forte qu'elle. La Mère, c'est sa mère. Elle, elle ne se vit pas comme mère. Martine rigole parce qu'elle songe à sa vieille qui a dit qu'elle allait mourir par où elle avait péché. Le sexe l'a entraînée vers une mort certaine, et cette garce n'a eu que ce qu'elle méritait. Charles Aznavour apaise la violence, permet à mère et fille de se parler à nouveau. Sa voix les réunit dans une douce proximité. Il n'y a qu'à voir les yeux de Martine quand elle s'adresse à « la Vieille » (c'est affectueux, me rassure-t-elle, au cas où je prendrais ombrage de la formule). Ils sont mouillés de sentiments contradictoires : la chienne, ma chérie, l'ordure, ma bien-aimée. Que c'est dur de regarder Martine parler à Biquette. Un surnom de chèvre que maris, enfants, parents, amis ont adopté avec bonne humeur jusque devant sa tombe, et par-delà la mort. Bernadette était son prénom, noté sur les registres de la mairie. Et je soupçonne ma grand-mère d'être à l'origine de ce dérapage vers Biquette. Tout le monde a emboîté le pas à Pépée la guenon, un surnom qui, là encore, étonne, mais auquel elle tenait par-dessus tout. Pépée, c'était la guenon d'un film comique qui usait d'autorité avec ses petits singes. Mes cousins avaient fait le lien avec notre grand-mère qui, loin de s'en offusquer, en avait été fière. Seul le prénom de ma mère était validé par l'état civil. Elle s'appelait donc vraiment Paulo. Elle a engagé une procédure pour accéder à un nom de femme, et a obtenu gain de cause. Ma mère est devenue Paule. Elle a lutté pour qu'il en soit ainsi, et j'ai envie de hurler de colère lorsqu'on l'évoque encore aujourd'hui en la nommant Paulo. Je m'érige en gardienne du combat qu'elle a mené pendant de longues années. Mais je sais que les habitudes sont ancrées et que la loi de ma grand-mère continue à faire rage parmi les quelques vivants qui témoignent vaguement de ce qu'a été l'histoire des Maillard.

Ma mère me manque.

J'ai la main de nouveau crispée sur le téléphone. Un mauvais pressentiment m'empêche d'être tranquille. Il faut que je m'assure que Martine est toujours là, qu'elle m'attend. Je finis de composer le numéro et la tonalité retentit. On décroche vite, mais aucune voix ne m'accueille. Je dois alors me souvenir que Martine ne dit pas Allô. Elle veut que l'autre dégaine en premier, ce que je fais : Martine ? Oui. C'est moi. Ah, c'est toi ? Oui. Et puis, très vite, elle m'annonce : Tu sais, je me suis mise à écrire. Étonnement. Ouais, depuis ta visite, j'arrête pas. Je note tout, pour ne rien oublier. J'ai commencé à boire à quatorze ans, j'ai retrouvé le corps du deuxième amant de ma mère dans la forêt, bouffé par les sangliers il était, et tu peux me croire, c'était pas beau à voir. Je te note tout, tu n'auras plus qu'à prendre. La vache, j'avais jamais écrit comme ça de ma vie. Mais là, je le fais, et j'en noircis des pages des saloperies que j'ai endurées. Tu sauras tout, tu pourras tout dire, j'en ai rien à foutre. Du moment que c'est la vérité, on peut tout dire, j'ai pas honte, puisque c'est la vérité.

Comment lui expliquer que le livre que je voudrais écrire serait, idéalement, un roman ? Je ne peux pas prononcer le mot, tant il me semble grossier. Il faut pourtant que je lui parle un peu de ce projet dont je sais moi-même si peu de choses. Je tente une avancée qui peine sur les mots et n'arrive pas à exprimer une pensée. Elle est muette à l'autre bout du fil et je ponctue mon charabia d'un On en reparlera. Ouais, dit-elle, de toute façon on a plein de choses à se raconter.

Pour faire une pause, je lui avoue mon admiration pour son écriture, pour la rondeur et la régularité de ses lettres, pour son orthographe. (J'ai gardé les cartes d'anniversaire qu'elle a adressées à ma fille.) Qui t'a appris à écrire ? lui demandé-je. Elle me donne le nom de son institutrice, et ses souvenirs dérivent vers celle qui a compté pour elle, une année seulement, mais qui lui a donné le goût des choses bien faites. Elle, conclut-elle, c'était une sacrée bonne femme.

Je vérifie au-delà de ce que j'avais espéré que Martine ne m'a pas oubliée. Elle vit avec moi désormais, et je vis avec elle. Je ne pense plus qu'à elle, je parle d'elle à mes amis, je fais des rêves inédits, je dors moins, je me suis mise à boire. Je me rapproche d'elle. Son regard et ses yeux de couleurs différentes m'accompagnent partout où je vais. Et si j'ai pu avoir envie de tout laisser tomber, d'abandonner l'idée du livre, je me rends compte que ce n'est plus possible. Il va falloir que je m'y mette. Elle m'attend en écrivant. Je suis émue aux larmes. Personne d'autre ne m'attend en écrivant.

Je lui dis que j'ai envie de la revoir. Viens demain, me lance-t-elle. Elle, elle ne bouge pas. J'ai honte de lui suggérer une date lointaine, deux semaines plus tard. Mais ma cousine ne bronche pas et ne fait pas de commentaires. Le 5 novembre ? Ben oui, je serai là, comme chaque jour, tu peux venir. Elle n'a pas d'agenda à consulter. Et, pour cette raison-là, j'ai envie de la serrer dans mes bras.

Depuis, je compte les jours. Je tourne en rond, je ne suis pas à ce que je fais, mais je ne fais pas grand-chose, puisque je suis chômeuse. L'accent circonflexe m'alourdit. Il me maintient la tête sous l'eau. Et je ne sais pas quoi inventer pour me sentir légère. J'y renonce. Je serai un être lourd et pénible à supporter, me dis-je pour me donner l'illusion d'une décision. J'écoute des compilations de rock, ai remisé tous mes quatuors et passe un temps infini à hésiter entre plusieurs options : repassage, aspirateur ou vitres ? Je note dans un agenda la date du dernier changement des draps. Je me suis acheté un nouveau fer à repasser le jour de mon licenciement, et aplatir les tissus me plaît. Je salis plus pour repasser plus. Je vais aux manifestations. Par désœuvrement et par conviction. J'ai les larmes aux yeux quand j'entends *L'Internationale*, je n'y peux vraiment rien. Ce n'est pas Léo Ferré, mais c'est un chant qui se chante à plusieurs dans les situations de lutte, et j'y suis sensible comme aux parfums qui me rappellent ma mère.

Je deviens moche, physiquement s'entend, ce ne sont pas les rides, les rides ce n'est pas laid, c'est mon regard alourdi par les paupières supérieures et soutenu par les poches sous les yeux qui devient triste, mais triste. Mon visage dément mes propos optimistes sur la vie qui, tant qu'on ne la quitte pas, reste pleine de surprises, d'imprévus, et de merveilles en tout genre. Quand les accents circonflexes s'emparent de vous, vous avez beau raconter que vous êtes en pleine forme, on ne vous croit plus. Vos amis proches s'exclament Que tu es belle, et chaque Que tu es belle est une petite musique cruelle qui vous rapproche de la mort. Mais les Que tu es belle de mes amis sont moins nocifs que les cigarettes que je fume et que l'alcool que je me suis mise à boire. Est-ce que Martine me contamine avec son foutu besoin de dire toute la vérité ?

Dans un carnet, je note :

— ne pas se laisser manipuler

— penser à se faire préciser les dates

— ne pas être submergée par les informations

— garder la tête froide

— ne pas être en empathie

— évoquer la politique tout en restant calme

— ne pas oublier d'apporter des gâteaux pour le goûter.

J'oublie de faire le ménage.

Trahison

Elle était si jolie, et elle nageait si bien. On fait la course jusqu'au ponton ! C'était un défi. Je m'élançais à son signal et on s'enfonçait dans la mer. Elle avait une queue-de-cheval et les cheveux longs. J'adorais ses cheveux, moi pour qui on avait décidé que je les aurais courts. Et nager derrière elle était un privilège. Elle arrivait toujours la première, mais j'étais fière de n'avoir pas rebroussé chemin. On se hissait sur le ponton, et d'autres étaient là, dans des positions triomphantes, parce que, pour atteindre la planche de bois, il avait fallu nager au moins cinq cents mètres. C'était le Ponton du Large, et ce nom n'était pas pour rien dans la fierté qui réunissait tous les passagers du radeau. Martine glissait à mon oreille : Y en a pas un seul de beau. Elle parlait des garçons. C'était la première fois que je parlais de garçons avec quelqu'un. Un jour, j'en avais repéré un sur le radeau, tout petit, mais avec une tête qui me plaisait bien. J'étais gonflée d'orgueil à l'idée de partager avec ma cousine un goût, une préférence, une avancée vers l'âge adulte. Je lui confiai cette attirance dans le creux de l'oreille, l'endroit qui était devenu mon lieu d'émancipation. Ma cousine s'était esclaffée devant tout le monde. Lui ? Elle l'avait montré du doigt. Ce nain ? Ah, tu me fais rire ! Puis, sans que je puisse faire un geste pour l'en empêcher, elle s'était approchée de lui et lui avait demandé : Tu la trouves belle, ma cousine ? Le garçon avait répondu Non en rougissant. Elle était revenue vers moi et m'avait dit : Eh bien, tu as de la chance. T'imagines, si vous vous étiez mariés ? T'imagines la tête de vos gosses ? J'étais pétrifiée et n'arrivais pas à prononcer un mot. Le garçon, avant de plonger et de disparaître à tout jamais de nos vies, avait lancé à Martine : Mais toi, tu es belle ! Ma cousine, pleine de malice, s'était alors tournée vers moi et m'avait dit : Et en plus, il est con.

C'était l'été. Nous passions quelques jours ensemble chez notre grand-mère, Pépée, et nous nous connaissions très peu. Nos mères s'évitaient, ne s'appréciaient pas, et je n'ai pas le souvenir d'être allée chez ma tante qui vivait à Barbizon plus de deux ou trois fois dans ma vie. Martine avait à cette époque trois frères et une sœur mais, cet été, nous étions seules toutes les deux. Elle me dépassait d'une tête, ayant quatre ans de plus que moi, et son allure était exactement celle que j'aurais désiré avoir. Mais l'allure, le bagou et le caractère n'appartenaient qu'à elle et, malgré mes efforts pour me les approprier, je restais gauche timide et insignifiante. Elle me tapait parfois sur l'épaule en jurant qu'elle allait me dégrossir. J'étais maigre comme un clou et ne comprenais pas le sens du verbe « dégrossir », mais j'étais prête à devenir plus maigre encore pourvu qu'elle pose sur moi un regard aimant. Me dégrossir consistait à m'imposer des épreuves. Selon elle, j'étais chouchoutée par mes parents et ça ne me porterait pas chance dans la vie. Les épreuves ne manquaient pas, dans le jardin de ma grand-mère. Il était sauvage, non éclairé la nuit par des lampadaires, en pente, dangereux, parsemé de bruyères, rocailleux, un peu fou comme l'était Pépée la guenon. Je l'aimais au point par la suite de lui comparer tous les paysages que j'ai connus. Il était à moi. C'était le jardin qui portait mes histoires de sorcières, de princes, de filles fouettées par leurs parents, d'ogre amoureux, d'araignée pythie et de folle invisible mais tapie là, sous chaque bosquet, présente dans la broussaille, qui attendait une seconde d'inattention de ma part pour m'attraper à la gorge. Ce jardin était mon domaine. Mon ami le jour et ma terreur la nuit, l'endroit par où arriveraient les voleurs qui seraient en grand nombre et nous anéantiraient pour prendre possession de la maison.

Alors que Pépée nous croyait couchées avec un livre, nous nous éclipsions discrètement pour rejoindre le jardin. En chemise de nuit et chaussons, j'allais devoir prouver à Martine que j'étais une fille digne d'être fréquentée. Rapporte-moi une rose. Les roses étaient plantées tout en bas, à l'autre bout du jardin. J'ai peur, Martine, disais-je. C'est bien ce que je pensais, t'es une poule mouillée. J'ai peur ! criais-je. Je m'en fous de ta peur. Moi, j'ai jamais peur. Quand ma mère me dérouille, je me dis Ça va passer, je ne sens pas les gifles, je ne sens pas les coups, je suis très grande et très forte, et je resterai vivante, et ce soir je dormirai dans mon lit. Frappe maman, frappe, tu ne feras pas de moi une lavette. Elle te tape, ta mère ? je demande. Ça ne te regarde pas, ma mère, c'est pas une dégueulasse. T'as qu'à penser à la tienne, pour te donner du courage. Non ! Je ne veux pas, j'ai trop peur ! Martine me pousse en avant et je manque de tomber. Mon jardin est noir, et sombre, et rempli de pièges. Mais plutôt que de penser à ma mère, je pense à lui, le supplie de ne pas me faire de mal, et me lance tête baissée dans son fouillis, heurte les pierres, me fais blesser par les ronces, cours comme une dingue le long de sa pente, respire les odeurs de thym au passage, me cogne dans le citronnier, et atteins l'allée des roses. Plus rien n'a d'importance. Je saisis l'une d'elles à pleines mains et ignore la douleur qui me transperce. Je ne m'apaise pas. Je remonte la pente dans le même état d'esprit : Martine sera fière de moi.

Mais en haut du talus, alors que je tends la rose comme le trophée qui me rehaussera à ses yeux, je ne la vois pas. Martine ? Martine ? Les grillons crissent dans la nuit. Je suis saisie d'un tremblement. Est-ce qu'elle s'est fait prendre par la bande de voleurs que j'imagine toujours à l'affût dans le jardin, prêts à nous trucider ? Je fonce vers la maison, grimpe les marches du perron à toute allure et ouvre la porte sans précaution. Pépée est en face de moi, Martine derrière elle. J'ai la rose dans la main, la peau des doigts arrachée, les genoux abîmés, la chemise de nuit déchirée, les joues rouges et les yeux agrandis par la peur. Je veux voir ma maman. Je ne suis pas bien vieille, j'ai peut-être neuf ans. Martine en a treize. Ma grand-mère a au moins cinquante-cinq ans de vie avant la mienne. Et la gifle violente qui me dévisse la tête à ce moment précis sous le regard rieur de ma cousine me fait uriner. Petite cochonne, m'entends-je dire, et je me jure que je me vengerai, de Pépée, de Martine, un jour, quand on sera plus grandes.

Pourtant, le lendemain, quand Martine se lève et que je croise son regard, je baisse les yeux. Ses cheveux sont défaits et son allure tranquille, sa façon d'être là si naturelle et si sophistiquée à la fois. Sa beauté me coupe le souffle. Eh bien, ça y est ! On est logées à la même enseigne, me dit-elle alors que je reste enfoncée sous les draps. Les baffes et l'injustice, tu connais maintenant ! Elle fonce sur moi et me bourre de petits coups de poing amicaux dans les côtes.

Maintenant, on va enfin pouvoir passer de bonnes vacances.

Quand ma mère me téléphone et me demande avec beaucoup d'appréhension dans la voix si je m'entends bien avec ma cousine, je lui réponds, oui, maman, ne t'inquiète pas. Je suis fière de lui répondre ça, de ne pas trahir.

Mais quand, enfin, elle vient me chercher à Saint-Clair, je m'effondre en larmes dans ses bras. Et au lieu de lui raconter à quel point j'ai souffert, je lui explique que je ne veux plus vivre sans Martine. Je lui répète : Je l'aime maman, je l'aime maman, je l'aime maman, je l'aime maman, et elle s'effondre en larmes à son tour. Qu'est-ce qui s'est passé, ma petite fille, parle-moi. Quand je pleure, moi, me souffle Martine à l'oreille, ma mère, elle me dit : Chiale, tu pisseras moins. Les paroles de ma cousine m'empêchent de révéler l'horreur qu'ont été ces vacances avec celle que j'admire le plus au monde. Ma mère ne comprendrait pas, ou organiserait une cellule de crise, se disputerait avec sa sœur et avec sa mère. Je veux protéger tout le monde, et le meilleur moyen est de se taire. Quand je retrouve mon père à Paris, je me jette dans ses bras et lui dis que j'aime ma cousine.

Mes parents trouvèrent ces déclarations d'amour répétitives suspectes. J'eus droit, sans que j'aie été consultée, à rencontrer une dame très gentille qui serait là pour m'écouter et à qui je pourrais exprimer tout ce que j'avais sur le cœur. Je n'avais rien sur le cœur et je m'ennuyais à mourir. Je me murai dans un silence que la dame gentille n'interrompait pas. Elle m'a proposé de dessiner ma famille, ce que j'ai fait. J'ai appris bien plus tard qu'elle avait convoqué mes parents pour essayer de savoir s'ils me battaient.

J'étais devenue Martine, et je continuais à l'aimer en secret.

La misère

M'obsèdent les carrés de Sopalin dans lesquels Martine se mouche, sèche ses larmes lorsqu'un souvenir lui remonte à la gorge. Elle les plie en quatre avec minutie et les repose sur le haut d'une pile visiblement déjà usagée. Je note ce détail. Plus tard dans l'après-midi, surprenant mon regard sur le Sopalin, Martine m'explique que, au prix du rouleau, elle fait ses placards avec. Elle hiérarchise la saleté, considère que les larmes et la morve ne sont pas sales au point de sacrifier quelques centimes. Le Sopalin est recyclé pour attaquer une crasse plus lourde. Et tandis que Martine a déjà enchaîné sur autre chose, j'interroge mon rapport au Sopalin. J'ai du mal à me concentrer sur ce qu'elle me dit, je pense aux rouleaux compressés les uns contre les autres sous le placard de l'évier, les blancs bien molletonnés pour les repas avec ma fille, les imprimés de dessins d'animaux, ou de fleurs, ou de coquillages, les gros rouleaux économiques Leader Price dont les feuilles sont fines et peu absorbantes. Je hiérarchise, moi aussi. Je m'intéresse de près au renouvellement, essayant que chaque catégorie soit représentée en nombre de rouleaux d'égale importance. Et ne m'est-il pas arrivé de conserver le carré qui venait de servir à ramasser les miettes pour le réutiliser en chiffon humide afin de traquer les traces laissées autour des feux de cuisson ? Je pratique « ça » depuis peu, il est vrai, depuis que je me penche moi aussi sur les prix, que je fais attention à ma consommation, que je me cantonne à du papier WC de moins bonne qualité. C'est récent. Auparavant, j'hésitais sur l'achat de bottines qui coûtaient 250 €. Parfois, je craquais. Et le mois suivant, je faisais un peu attention, je flirtais avec les découverts, mais j'avais mes bottines aux pieds, de marque, à la mode, et dans lesquelles on se sent si bien, de vrais chaussons. Je voulais que ma fille ait chaud, qu'elle soit joliment habillée, qu'elle puisse choisir ses tenues, qu'elle porte des bottes, des boots, des baskets Geox (celles qui respirent), des ballerines, des tennis, et que sais-je encore. Quand je déboursais de l'argent pour elle, je haussais les épaules : dépenser pour son bien-être ne me coûtait rien. Qui ne veut pas éprouver ça pour son enfant ? Jouets, circuits électriques, poupées, jeux de société, petit théâtre de marionnettes, portemanteaux aux patères en têtes d'animaux, des lions, des tigres, des singes, des girafes, regarde comme elle est mignonne la girafe, peluches, des ours, des hippopotames, des renards, des éléphants, des souris, des panthères, des chiens, des chats, des cochons tout roses avec la queue en tire-bouchon, et doux, si doux ! Je renonce au Moltonel et j'opte pour le papier hygiénique de chez Franprix dont les rouleaux sont compacts, quatre en un prétendent-ils. J'échange les cotons de démaquillant Demak'Up contre de la ouate Super U. Je prie tous les jours pour que mes appareils ménagers tiennent bon. Une prière à laquelle je ne songeais pas il y a encore quelques mois, et c'est peut-être pour ça que tout me lâchait méthodiquement. Je remplaçais four et machine à laver en maugréant, mais l'appareil était commandé dans la journée et je banquais illico. Désormais, je préfère prendre rendez-vous pour un café le matin que pour un déjeuner à midi. Je fuis les restaurants, les quartiers où les boutiques de fringues pullulent, ou bien les magasins bio dont j'étais devenue adepte. Parfois, tout de même, je vais choisir pour ma fille des carottes et des pommes chez Naturalia, une entorse à mon nouveau règlement. Il ne faut pas exagérer, des carottes et des pommes ! Je n'en suis pas à priver ma fille de fruits sans pesticides ! Ce serait complètement ridicule et déplacé de prétendre aujourd'hui le contraire. Je me prépare, je suis dans un jeu de rôles qui pourrait mal tourner ; j'anticipe, par les contraintes que je m'impose, la possibilité d'une vie où s'essuyer les fesses avec du papier Moltonel deviendrait un luxe.

Le poulet que me proposent Martine et Lucien est un poulet fermier. On en achète parfois sur le marché, parce qu'il faut bien se faire plaisir de temps en temps, et surtout parce que tu venais déjeuner avec nous. Il y a aussi du saumon et du jambon de Parme. Du bon pain. J'ai faim, terriblement faim. Et ce que je mange est délicieux, sort de chez le boucher ou de chez le poissonnier, les papiers d'emballage témoignent de l'effort financier que ces deux-là ont fait pour me recevoir. J'en ai les larmes aux yeux de reconnaissance, mais je ne peux leur exprimer ma gratitude. Je me serais attendue à quoi ? À bouffer de la merde ? À sucer les rognures trouvées dans les poubelles ? Je ne dis rien, je savoure leur générosité, refuse le fromage, déguste une délicieuse tartelette aux fraises. Vous n'en mangez pas ? L'un n'a pas faim, l'autre n'apprécie pas les gâteaux. Est-ce que je désire les emporter pour ma fille ?

Premier faux pas

« Sept d'un coup ! » Je pense au *Vaillant petit tailleur* des frères Grimm. Ces hommes sont tombés comme des mouches. Je pense à l'alcool. « On n'attrape pas les mouches avec du vinaigre. » J'ai des hommes qui dansent devant mes yeux, et qui s'effondrent les uns après les autres en poussant des cris de bête. « Je meurs par où j'ai péché. » Ma tante associait le sexe au péché. Je me réjouis pour elle qu'elle ait eu tant d'amants après son divorce. Sept, donc, tous morts. Le sexe tue. Non, ça ne tient pas. L'alcool tue. Mais pas aussi vite et aussi radicalement. Il reste un grand mystère. Je ne suis pas encline à penser que Bernadette a tué ses amants. Mais la possibilité de sa participation à les pousser quand ils étaient au bord du gouffre m'effleure. C'était elle ou eux. Elle a voulu sauver sa peau. C'était de la légitime défense. Je serais prête à le jurer et à défendre ma tante devant ses juges. Est-ce le vin qui me monte à la tête ? Un titre s'impose au livre que je veux écrire : *Serial Killer.* Je jette un œil en haut à droite de mon ordinateur : 21:15. L'heure est raisonnable, je peux m'autoriser à téléphoner à ma cousine pour lui faire partager mon enthousiasme. Un titre, c'est tangible, le fait de nommer délimite les contours, on commence à y voir plus clair. Et puis c'est la preuve que ça existe ! Je compose fébrilement le numéro (j'ai cinq verres de vin au compteur), et le silence paranoïaque auquel je devrai m'habituer petit à petit m'accueille. Je lance un dynamique C'est moi ! Je ne te dérange pas ? Ah, c'est toi ? Comment ça va ? Ça traîne sur les voyelles, mais je m'en fiche, je veux lui annoncer la bonne nouvelle. Martine, j'ai trouvé le titre de notre livre ! (Je me mords immédiatement la langue de m'être laissée aller à dire « notre livre ».) Ah bon, et c'est quoi ? *Serial Killer.* Ah ouais ? Je ne vois pas le rapport.

Je pensais qu'elle pousserait des cris de joie : elle avait réussi à me faire croire à son histoire. Au lieu de cela, elle me demande des comptes, et elle n'a pas l'air de trouver la plaisanterie à son goût.

En fait, tenté-je de lui expliquer, ce titre m'a paru bon parce que tu m'as affirmé que ta maman avait tué ses sept amants. Alors, peut-être que, lorsque l'on atteint le chiffre de sept, on peut parler d'une série. Et puis, ce serait un titre à double sens. Les écrivains, souvent, on leur reproche de faire du mal à leurs proches, de les tuer un peu en quelque sorte, enfin, pas complètement, mais ils ne sont pas très tendres parfois, il faut bien le reconnaître. D'ailleurs, on les traîne de temps en temps devant les tribunaux, comme de vrais criminels. Je ne prétends pas que je suis un écrivain mais, si je parviens à écrire ce livre, cela s'apparentera tout de même un petit peu à ça, non ? Enfin, voilà, c'est l'idée, tu vois ? Non, pas du tout, je ne vois pas, mais après tout c'est toi qui écris. Oui, mais je sens bien que le titre ne t'emballe pas, je me trompe ? J'en sais rien mais, au début, tu avais annoncé que tu l'appellerais *Martine*. Oui, mais tu comprends, le problème avec *Martine*, c'est que personne ne sait qui c'est, enfin, je veux dire, c'est juste un prénom, ça n'évoque rien. Et puis, il pourrait y avoir confusion avec la série des *Martine*, tu sais : *Martine à la mer*, *Martine à la montagne*, *Martine au zoo*... Un silence pendant lequel Martine se remémore peut-être ses lectures d'enfance. Mouais, finit-elle par dire, je suis d'accord, mais *Serial Killer*, ça fait roman policier. Tu racontes ma vie, et ma vie c'est pas un roman policier. (Je ne peux pas m'empêcher de penser qu'elle a pourtant tout fait pour me présenter sa vie sous cette forme, mais je me garde bien de lui en faire la remarque.) Bon, dit-elle, si tu penses que c'est bien, vas-y ! Je suis heureuse que tu me fasses confiance sur ce coup-là, Martine, je t'assure que c'est un très bon titre, on en reparlera. Et je raccroche.

Cinq jours plus tard, j'interroge le répondeur de ma ligne fixe, un peu par hasard, parce que personne ne m'y laisse de message. La voix de ma cousine me fait sursauter : Bonjour, c'est Martine, donc, c'est au sujet d'hier soir, au cas où, j'aimerais que tu me rappelles très vite. Je te souhaite une bonne journée, mais dès que tu peux, tu me contactes. C'est un peu urgent. Bon, c'était Martine. Au revoir, et à tout à l'heure.

Je me précipite sur le téléphone, mais personne ne répond. Je regarde ma montre : six heures du soir. Je panique un peu. Que peut faire Martine hors de chez elle à cette heure-là ? Je rappelle trois minutes plus tard, peut-être était-elle aux toilettes ? Mais dans ce cas, Lucien aurait répondu. Le téléphone sonne. Je prends aussitôt la communication, mais ce n'est pas elle. Je me laisse entraîner dans une conversation apaisante où il est question d'un besoin impérieux de prendre des vacances, d'un mec qui travaille trop — C'est fou, on n'a plus le temps de se voir —, d'enfants qu'il faut recadrer — Tu te rends compte, ils passent plus de temps sur leur iPhone à envoyer des SMS qu'à faire leurs devoirs —, d'un petit blouson en cuir repéré dans un dépôt-vente — Pour une fringue d'occasion, ça reste un peu cher —, d'une fâcherie à propos d'un film que l'une a adoré et que l'autre a détesté — Tu la connais, quand elle est dans son truc, elle n'en démord pas ! On parle de la vie, quoi. La voix de Véronique me fait du bien et je discute volontiers tous les points qu'elle soulève. Pourtant, l'inquiétude ne me quitte pas. Où est Martine, et que fait-elle ?

Je quitte Véronique sous le prétexte d'un rendez-vous et je rappelle Martine. Au bout d'une dizaine de tonalités, elle décroche enfin. Silence. Donc, tout va bien. Je m'annonce. Ah, ben enfin, tu y as mis le temps ! (Voix très pâteuse.) Je te dérange ? Non, je dormais. Je lui explique mon rapport avec le répondeur du téléphone fixe. Je n'écoute pas souvent les messages, c'est pourquoi je ne la contacte que maintenant, etc. Que se passe-t-il ? Qu'est-ce que tu voulais me dire de si urgent l'autre jour ? Grand silence, soupir, et la voix de Lucien qui émerge (j'ai dû le réveiller, lui aussi) pour encourager ma cousine : Allez, dis-lui. Tu peux pas garder ça pour toi. Elle se lance : Voilà, tout bien réfléchi, je ne suis pas d'accord pour que le livre s'appelle *Serial Killer*. J'encaisse. À mon tour de rester silencieuse. T'es toujours là ? me demande Martine avec anxiété. Oui, je suis là, m'efforcé-je de répondre en prenant soin de ne pas laisser filtrer mon irritation. Il faut que je dise quelque chose, que je réagisse. Que je l'interroge. Et pourquoi tu n'es pas d'accord ? lui demandé-je d'un ton que je voudrais naturel. Par respect pour ma mère. Ma mère, c'est pas une tueuse. Mais enfin, Martine, je n'ai jamais prétendu une chose pareille, je te rappelle que c'est toi qui as insisté pour me faire gober que Biquette avait tué sept hommes, ses sept amants après ton père, les uns après les autres, méthodiquement. C'est vrai, mais tout ce que j'ai à dire, c'est que ma mère n'a tué personne. OK, je te crois ! Ben alors, si tu me crois, tu ne peux pas appeler le livre comme ça. D'accord, Martine, je changerai le titre. Promis ? Promis. Crache ! me demande-t-elle en riant.

Je crache, là, tu vois, je crache, enfin, tu ne vois pas puisqu'on est au téléphone, mais fais-moi confiance, je crache, assez loin même, ma salive sort de ma bouche en jets puissants et atteint la fenêtre, je salis les vitres, je tache le plancher, et les murs à leur tour deviennent les témoins de ma promesse. Je changerai le titre, Martine, mais tu m'as bien eue, je me suis laissé berner. Je prétendais me ficher de la vérité de tes propos, mais ça m'arrangeait de prendre ce qu'il y avait à prendre et, quitte à en faire une histoire, autant me servir dans l'immense réserve de tes ressentiments. L'histoire d'une femme qui tue sept hommes d'un coup, je trouvais ça extraordinairement romanesque. Ça me plaisait bien, finalement, d'imaginer que j'étais la nièce d'une tueuse en série. Je commençais déjà à tisser des liens, à penser que certains de mes penchants morbides ne venaient pas de nulle part. J'essayais de démêler, d'approfondir, avec peu de choses, certes, tes mots et tes certitudes, ta souffrance d'avoir assisté à des massacres répétés, tes larmes en évoquant Bobby l'assoiffé qui buvait l'eau des ruisseaux dans lesquels il pêchait et qui est mort de diphtérie, ou le pauvre Charlie éventré par les sangliers en fuyant je ne sais quel sarcasme pour se réfugier dans la forêt. Vous habitiez à Barbizon, à la lisière des forêts, je m'en souviens bien. Enfant, je ne voulais pas y pénétrer, parce que toi et tes frères et sœur me menaciez d'un loup jaune, aperçu au cours d'une de vos prétendues escapades nocturnes. Poule mouillée ! me disais-tu, et les autres reprenaient avec toi la huée. Petite fille à sa maman ! entendais-je encore, et je ne voyais pas alors ce qu'il pouvait y avoir de risible à être la fille de sa mère. Ma mère, la sœur de ta mère, était détestée par vous tous. C'était celle qui se la jouait bourge, la donneuse de leçons, l'intello de pacotille. Ma mère raclait les fonds de tiroir pour boucler les fins de mois, elle portait des vestes en jean élimées aux coudes, et je concède qu'elle faisait de la morale une affaire personnelle qui ne lui a pas toujours porté chance. Elle ne supportait pas que sa sœur lâche les chiens quand mon frère et moi venions vous rendre visite, et nous sommes parfois repartis sous les railleries parce que nous étions des chochottes et que nous n'aimions pas les animaux. Mon frère était tout petit, et il pleurait dans la voiture. Ma mère était folle de rage, et mon père ne disait pas grand-chose, si ce n'est qu'il ne faut pas forcer des liens qui n'existent pas, et que nous n'aurions pas dû venir. Tu ne peux pas savoir comme j'avais honte de ne pas faire partie de votre bande. Jacques et toi, c'était de vous que je souhaitais tant me faire aimer. Jacques me traitait bien, il ne me provoquait pas, il m'emmenait voir les nids de guêpes qu'il avait repérés le long du chemin qui menait au haras. Si une guêpe s'approchait trop de moi, il la chassait avec sa main et lui disait : Tu laisses ma petite cousine tranquille, sale bête ! Avec lui, je n'avais pas peur, parce qu'il était doux, et tendre, et que sa façon d'être un garçon correspondait totalement à celle qui m'aurait convenu, si j'avais été un garçon. Quand une guêpe finalement le piquait (il faut dire qu'il les titillait !), il serrait les dents. Je me souviens de son sourire déformé par la douleur, et de ces mots qui avaient franchi ses lèvres : Même pas mal.

Mais toi, Martine, que j'admirais tant, tu me brusquais sans arrêt, me rappelant que j'étais une gamine qui n'en mènerait pas large si je vivais sous les baffes et les menaces permanentes. Tu m'en voulais de ne pas être liée à toi par un coup du destin, tu me rejetais parce que je ne serais jamais ta sœur.

T'es toujours là ? Oui, je suis toujours là. Sonnée, mais là. Et puis, Martine, je n'ai pas besoin de cracher puisque je te donne ma parole d'honneur que le livre ne s'appellera pas *Serial Killer.*

Bon, alors, je te fais confiance, on n'en cause plus. En tout cas, dès que tu as une autre idée de titre, tu m'en parles, d'accord ? Je réponds oui, comme une petite fille qui a été prise en faute. Je raccroche avec un goût de terre dans la bouche.

Possession

J'ai peur. Tout me fait peur : ma cousine, l'écriture, les souvenirs. J'ai maintenant le sentiment que si j'écrivais elle serait derrière mon épaule, me tapoterait la joue pour que je change un mot. Je me sens jugée, surveillée, attelée à faire ce que j'ai annoncé : un livre sur elle et sur moi. C'est avec beaucoup de périphrases que j'ai tenté de lui expliquer ce que je désirais accomplir. Elle a traduit : un livre sur toi et sur moi. Je me surprends à m'approprier ses paroles ; je me laisse polluer par ce qu'elle me renvoie, je suis prise à mon propre piège. Je ne veux absolument pas écrire un livre sur elle et sur moi. Je veux être libre. Je décide à l'instant que, non, je ne lui ferai pas lire les pages que j'écrirai. Elles m'appartiendront, comme m'appartient le désir de me rapprocher de mon histoire, de ma famille, de ma mère. Tu n'es qu'une putain ! me cria un jour ma mère. Et ce jour-là je partis de la maison, sans savoir où aller, ne rêvant que d'une chose, rentrer chez moi, chez elle, pour me faire pardonner. Alors, oui, il y a des liens. Ma tante veut écraser Martine avec sa R 16, et ma mère me traite de putain. Elle devait penser que je couchais avec des garçons, ce qui était faux, je les aimais en secret, et je faisais ma fière. Mais ce ne devait pas être pour cela que ma mère m'avait traitée de putain. Ce n'était pas son genre de condamner d'une manière aussi violente la liberté sexuelle. Si elle m'a traitée de putain, c'était sûrement pour une raison obscure à laquelle je n'ai plus accès aujourd'hui. Mais c'était une chose extrêmement douloureuse de recevoir cette injure de la part d'une mère qui condamnait depuis toujours ces mots fabriqués par les misogynes. J'ai erré toute la nuit autour de la maison, n'osant frapper à la porte de chez moi, de peur de m'apercevoir que ce n'était plus chez moi. (Ma mère, qui faisait les choses en grand, avait prévenu la police qui lui avait ri au nez : Il est trop tôt, madame, pour s'affoler.) Elle m'avait trouvée endormie le matin sur le palier, et son empressement à me serrer dans ses bras m'avait réconfortée bêtement, au point que j'avais pardonné. Des baffes, si t'avais reçu des baffes toutes les dix minutes, si ta mère s'était précipitée à la tête de chaque homme qui t'aimait, alors là, oui, tu pourrais te plaindre. « Putain », c'est un mot gentil. Tu es choquée que j'appelle ma fille la Chiasse, mais pour qui te prends-tu, toi qu'on ne devrait pas traiter de putain ? Martine me colle à la peau. J'ai peur de ne pas pouvoir revenir en arrière. Elle est là tout le temps, quand je fais mes courses, quand j'hésite à m'acheter des bottes de pluie, quand je cajole ma fille parce qu'elle m'explique qu'elle a des pensées dans la tête qui l'embêtent, mais qu'elle ne peut pas dire lesquelles (je lui en foutrais, moi, des pensées qui l'embêtent ! Je crois entendre ma grand-mère, qui m'a tant répété que j'étais une petite fille fantasque et que c'était dangereux), quand je réponds au téléphone et que la conversation m'entraîne vers les problèmes de qui inviter ou pas à une grande fête, des problèmes de gens qui n'ont d'autres questions à se poser que celles-là, savoir qui inviter pour que l'ambiance soit réussie de A à Z. De A à Z. Je ne rêve que de ça, faire une grande fête, pourquoi pas à la campagne, dans une maison de famille que posséderait mon amoureux, où nous irions nous réfugier le week-end, pour être tranquilles, loin de tout, de Paris et de son stress absolument infernal, des contingences, des obligations, des devoirs qui nous obligeraient à rendre les invitations, quelle fatigue, mon Dieu, quelle fatigue. Je ne supporte plus d'entendre ça. Je ne peux plus écouter les plaintes de cette prétendue fatigue d'être soi lorsque soi est une chose très attrayante, très convoitée, très en vogue, très moderne. Soi ne peut pas fixer de rendez-vous avant un mois, tant son soi est pris, désiré, happé pour ainsi dire. Peur. Ah, Martine peut rire, elle qui biberonne du matin au soir parce qu'elle ne sait tout simplement pas quoi faire d'autre. Aucun rendez-vous n'exige d'elle qu'elle soit clean. Tout le monde le sait : elle boit, elle boit, elle boit. (Mais, quel monde le sait ?) Et puis, qu'y a-t-il de mal à ça ? Quand on est au pastis depuis l'âge de quatorze ans, comment peut-on imaginer que la vie ait une autre gueule que celle qui tourmente et rôde et déforme les visages et les sons, et donne à voir d'elle le peu qu'elle peut offrir : des manques, des maladies, des envies, des envies de tuer, des envies de mourir, des envies de rire, et de recommencer, parce que la vie est forte et tient par le bout du nez tous les drogués de la terre, les accros au bonheur, au travail, à l'alcool, à la foi, à l'amour des enfants, des hommes, des femmes et des chiens et des chats.

J'ai peur de Martine. Je remets en question ma visite du 5 novembre. Elle m'attend. Avec les pages et les pages qu'elle a écrites depuis notre rencontre. Je ne lui ai évidemment pas demandé de les écrire. Mais elle m'en parle comme d'un cadeau qu'cllc mc fait. Jc nc vcux pas lcs lirc. Ces pages sont à elles, comme les miennes, si elles existent un jour, seront à moi.

Les vacances

Il faisait beau aujourd'hui, et nous comptions les diables qui nous barraient la route rue Popincourt alors que nous nous rendions, ma fille et moi, au Centre des arts vivants. J'ai inscrit Fanny à un stage de comédie musicale pendant les vacances de la Toussaint. Le trajet qui mène de notre maison au Centre nous fait prendre un chemin semé de livraisons sur des trottoirs étroits, et nous faisons du slalom pour avancer. Nous inventons des jeux pour éviter de nous laisser atteindre par la brutalité de la rue qui travaille et n'a pas de temps à perdre avec les piétons improductifs que nous sommes. Dix-neuf diables aujourd'hui. Un record. Fanny est toute fière de notre exploit, et nous arrivons à l'heure, victorieuses car nous sommes parties avec quelques minutes de retard sur l'horaire habituel. Elle a voulu pendant tout le trajet brandir le rouleau de papier toilette blanc que l'animateur du stage lui avait demandé d'apporter : On va faire les momies, mais je n'ai pas le droit de le dire ! m'a confié Fanny en faisant la mimique de qui trahit un secret par amour. Je l'ai embrassée, lui ai souhaité une bonne journée, et lui ai rappelé que, ce soir, nous irions chez le coiffeur. Elle a bondi de contentement, comme chaque fois que je lui annonce une grande ou une petite nouvelle. Elle accueille toutes les nouvelles par une espèce de joie qui me remplit à mon tour de bonheur, et la perspective d'aller chez le coiffeur peut la rendre aussi heureuse que l'annonce d'un séjour au ski, elle qui rêve de faire du ski depuis toujours, et que je vais emmener pour la première fois à la montagne cet hiver, grâce à un ami précieux qui propose de nous offrir le séjour. Nous irons dans une petite station dont j'ai déjà entendu parler, qui m'évoque la joie d'être en famille, le plaisir du chocolat chaud au pied des pistes, le menu raclette et son vin de Savoie, le feu de cheminée dans le chalet-restaurant aux odeurs de cuir, les têtes de sangliers échappées des murs, les sangliers, la forêt, la violence des forêts qui fit que Charlie se trouva déchiqueté par ces bêtes sauvages, une nuit d'automne, et que son corps fut retrouvé par Martine et Biquette qui arpentaient les routes sombres et semées de petits bois et d'embûches à bord d'une R 16. Nous partirons la première semaine des vacances, jour de Noël inclus. Il me plaît de ne pas avoir à me casser la tête pour le réveillon du 24, ne pas me sentir obligée d'emmener ma fille quelque part dans une famille étrangère, ou d'inviter chez moi des amis pour qui Noël est aussi un cap à franchir, ne pas faire gai quand c'est triste, dans la petite station tout ira bien, nous serons pris en charge, mon ami, son fils, ma fille et moi, pas besoin de se casser la tête pour trouver la formule, le sapin sera tout fait, les animations raviront les enfants, et je sais gré à la bêtise de pallier la tristesse. Je préfère taper dans les mains en chantant *Petit papa Noël* au milieu d'étrangers que d'être seule avec Fanny le 25 au matin, de la voir ouvrir ses cadeaux, et de devoir me forcer à entamer avec elle une partie de Jarnac, les larmes aux yeux, avec le sentiment de lui offrir le spectacle d'une vie gâchée.

Tu pars au ski avec ta fille et tu bougonnes... Tu sais où on part en vacances, nous? À Rambouillet City, quinze mètres carrés humides au rez-de-chaussée, 15° au thermomètre les jours de fête.

La Renault 16. C'était en 1965. Un événement. Mais cette voiture, contrairement à la Renault 14 qui vit le jour bien des années plus tard et que l'on appelait « la poire », devait connaître la gloire pendant plus d'une décennie. Mes parents, durant cette décennie, passèrent de l'Ami 6 à l'Ami 8, ce qui avait procuré une grande joie à toute la famille. Mon frère, mon père, ma mère et moi nous réjouissions du confort supérieur, des options nouvelles, de la différence notable entre les deux voitures. Nous sommes riches! ai-je pensé. Je devenais la fille de parents qui avaient une Ami 8. Je voulais qu'on les dépasse tous sur l'autoroute, quand nous partirions en vacances. Je devais assez vite me rendre à l'évidence : notre voiture ne faisait pas le poids face aux bolides. Mon frère, que j'entraînais dans la compétition, criait avec moi : Allez papa, dépasse-la celle-là ! Notre père, pédagogue, nous expliquait que la vitesse était l'apanage des pauvres gens, et que le luxe était la lenteur, le choix d'arriver quand il nous plaisait à l'endroit où nous nous rendions, et que se précipiter quelque part était louche, suspect, voire passible de poursuites judiciaires. Nous ne comprenions rien (mais c'était la spécialité de mon père de prononcer devant des enfants âgés de sept et onze ans des discours sur le monde en général, notre place en particulier et l'absurdité de cette société qui exigeait de nous que nous soyons des moutons), et nous, mécontents par principe, nous mettions bêtement à compter le nombre de voitures dépassées. Il y en avait peu, et jamais de R 16, mais nous nous réjouissions du score obtenu, parce que nous n'avions d'autre choix que de nous satisfaire des discours de notre père, de notre nouvelle voiture, de nos vacances, de notre vie en famille avec une mère qui fumait et fumait et fumait tant et tant que l'Ami 8 arrivait à bout de souffle dans un brouillard épais. Mais dès que nous apercevions la mer, nous criions comme des fous. Nos parents joignaient leurs cris aux nôtres pour fêter la fin du voyage plus que le début des vacances. Nous arrivions enfin à Saint-Clair, et l'Ami 8 peinait à avancer dans la dernière côte, très raide. Pépée nous attendait en haut du chemin. Nos parents nous demandaient de faire des signes à notre grand-mère avec nos bras pour lui montrer que nous étions contents. Nous nous exécutions, parce que la demande plaçait en nous un espoir pour que les choses aillent bien, se passent au mieux, tandis que ma mère retenait déjà ses larmes à l'idée de devoir prendre la sienne dans ses bras, de l'embrasser, et de s'entendre dire Vous auriez pu prévenir; vous deviez arriver à cinq heures. Mon père, lui, envisageait les vacances comme un mauvais moment à passer.

La Renault 16, les parents d'Éric Faribault en possédaient une. C'est le premier garçon dont j'étais *vraiment* amoureuse, et je reportais toute l'affection que je n'osais pas lui manifester sur sa voiture. Lorsque je voyais une R 16, mon cœur se mettait à battre. Je la dévorais du regard, la suivais des yeux le plus loin qu'il m'était possible de le faire et, lorsqu'elle disparaissait de ma vue, j'éprouvais tristesse et sentiment d'abandon. C'est la même Renault 16 que, des années plus tard, je me représente fonçant en meurtrière sur une jeune fille apeurée, Martine, ma cousine.

Finalement, Fanny et moi ne partirons pas à Noël. Mon ami vient de rencontrer une femme, lui qui désespérait d'être amoureux encore. Ça lui tombe dessus, il n'y peut rien, il est vraiment désolé pour nous, il est prêt à me donner l'argent du séjour si je me sens prête à partir sans lui, tant il se sent coupable de nous abandonner. Heureusement, il n'avait pas encore versé d'acompte. Je lui dis que je vais réfléchir, que je me réjouis de ce qui lui arrive, que je le rappellerai demain. Je ne rappelle pas, lui non plus, Fanny a beaucoup pleuré, ce n'est pas grave, ma chérie, si tu veux nous irons à Disneyland, je suis d'accord pour y aller, oui oui oui, tu as bien entendu, à Disneyland ! Mais sèche tes larmes, mon trésor, nous ferons du ski une autre fois, je te le promets, parole de maman.

Mais nous ne sommes pas allées à Disneyland.

Mères et filles

Moi, je sais quel est ton gros problème : ta mère préférait ton frère. Ça se voyait comme le nez au milieu de la figure ! C'est ce qu'on disait tous : « Paulo préfère Hugo. »

Martine *sait* que ma mère préférait mon frère à moi. C'est le danger lorsque l'on autorise les gens de la famille à s'exprimer. J'offre à Martine la possibilité de dire beaucoup de choses, mais je ne lui demande pas de me faire douter de l'amour que ma mère éprouvait pour moi. Ma mère nous aimait tous les deux, mon frère et moi, et c'était sa grande force de nous envisager différemment, de ne pas nous mettre en compétition. Certes, mon frère a bénéficié plus longtemps de son soutien et de son toit. Il était plus docile, moins violent que moi. J'ai vécu dans des conditions bien plus dures que celles qu'a connues mon frère au même âge. Mais je voulais tout foutre en l'air, lui non.

Martine, garde ton fiel. Ne tente plus de redire devant moi que ma mère préférait mon frère.

Ce matin, comme c'est drôle, nous avons pris la rue Popincourt pour nous rendre au Centre des arts vivants où Fanny fait son stage de comédie musicale. Elle me propose que nous comptions les diables. Je n'en reviens pas. Il faut que je me pince pour me souvenir qu'hier soir, dans un élan pour lancer le livre, je griffonnais quelques mots pour tenter de raconter un jeu, celui-là même que me propose Fanny, et que je décrivais comme un événement ayant vraiment existé.

D'accord, si tu veux, lui ai-je répondu d'une voix dont on dit dans ces circonstances qu'elle est blanche. Et nous avons compté les diables de la rue. Nous en avons trouvé dix-neuf. Dans une espèce d'état d'excitation dû au manque de sommeil sans doute, à une trop forte dose d'alcool ingurgitée la veille, je m'exalte, je saisis Fanny par les épaules et je lui raconte tout : ma cousine, le livre que je voudrais écrire et les quelques lignes que j'ai produites dans la nuit pour concrétiser le projet. Tu vois, ma belle, j'ai imaginé le chiffre dix-neuf, et on compte dix-neuf diables ce matin ! C'est merveilleux, plus que merveilleux : magique. Tu te rends compte, je peux deviner ce qui va se passer le lendemain. J'invente la réalité ! C'est ça, écrire, ma jolie, c'est inventer ce qui existe. Fanny, au lieu de me regarder comme si j'étais une vieille folle, me couve d'un regard presque amoureux. Elle me demande : Est-ce que tu commences tes histoires par « Il était une fois » ? Je lui réponds :

Non, je les commence par « Il était plusieurs fois ». Ce n'est pas comme ça qu'on commence les histoires, m'apprend-elle, mais tu pourrais essayer par « Jadis ». Parce que « Jadis », ça veut dire il y a encore plus longtemps que longtemps. Je l'ai appris à l'école. Et c'est quoi, plus longtemps que longtemps ? C'est la mort à l'envers, me répond-elle. Je n'ajoute rien, mais je la regarde avec une tendresse qui me fait venir les larmes aux yeux. Elle observe que la dame sur le trottoir d'en face fait trois choses à la fois : elle téléphone, fume et promène son chien. Nous arrivons devant le Centre des arts vivants. Je lui souhaite une bonne journée, l'assure que je viendrai la chercher à cinq heures, qu'on mangera des crêpes, l'embrasse.

La Chiasse, elle ne pense qu'au fric, c'est moi qui te le dis, j'en ai des preuves ! Chaque fois, je me raidis quand j'entends Martine affubler sa fille de ce surnom scatologique. Et elle s'en rend compte, bien sûr, il y a dans le coin de son œil quelque chose qui pétille, une sorte de victoire sur moi qui ai renoncé à jouer les redresseuses de torts, qui ai rendu les armes, qui abdique. Je me souviens que sa fille s'appelle Martine, elle aussi. Elle a laissé faire, m'avait-elle expliqué lorsque je lui avais demandé la raison de ce choix surprenant. Mon mari tenait à donner à son enfant le même prénom que le mien. Et, ni vu ni connu, pendant que je me remettais de l'accouchement, René a déclaré sa fille comme il l'a entendu. J'ai rien pu faire ! Quand j'ai eu le bébé dans les bras, au début, je ne savais pas trop comment l'appeler. Je lui donnais des prénoms différents toutes les secondes, ça me venait comme ça. J'avais envie qu'elle soit toutes les filles à la fois. La petite s'en fichait complètement, pourvu qu'elle ait chaud et qu'elle boive mon lait. Du lait, j'en avais à revendre, ça giclait de partout. À la maternité, ils m'ont même proposé d'aider des mères en difficulté. Il suffisait que j'accepte de refiler mon surplus dans des bidons qu'une sage-femme viendrait relever à domicile tous les jours. J'ai dit Non mais ça va pas la tête, je ne suis pas une vache ! Comme ça je leur ai dit. Et puis, quand mon imbécile de mari a refait surface, il a foncé sur le bébé, l'a pris dans ses bras, et l'a bercé en lui murmurant : ma petite Martine, que tu es belle, que tu es mignonne, tu seras toujours à moi, ma chérie, ma Martine chérie, hein que tu seras toujours à moi ? J'ai aboyé : Oh, t'as pas fait ça ? Ben si, qu'il m'a répondu. Ah, la vache ! Et là, on s'est regardés, et on a éclaté de rire tous les deux. Mon mari a dû reposer le bébé dans son berceau parce qu'il n'arrivait plus à le tenir tant il se bidonnait. Et je t'avoue qu'à ce moment-là je n'étais pas fâchée que le petit ange porte mon prénom. J'étais fière, même. Et puis, quelle plus belle preuve d'amour de la part d'un mari et d'un père ?

Elle revient sur le fou rire qui les a pris tous les deux, et ses yeux brillent d'un bel éclat. Mais sa bouche se crispe aussitôt après. Je ne pouvais pas prévoir que ce sacré connard allait m'en faire voir de toutes les couleurs. Les côtes cassées, c'est lui. La jambe foutue pour la vie, c'est lui. Quand il avait bu un coup de trop, il me laissait le choix : la porte ou la fenêtre. Ben, j'étais pas folle, je prenais la porte. Mais au bout de ma cinquantième sortie par la porte, la tête apparemment haute mais la trouille au ventre, j'ai commencé à me dire que c'était pas lui l'homme de ma vie. Il fallait que je me tire si je voulais rester vivante, et vite. Pas question de lui laisser la gamine, il se serait vengé sur elle. Et, à l'époque, je me disais que s'appeler comme moi, ça n'allait pas lui porter chance. En fait, c'est l'inverse qui s'est passé, mais on ne va pas brûler les étapes, hein ? Bref, c'est quand j'ai décidé de me barrer que les emmerdes ont commencé. Elle fait une pause, se mouche dans le Sopalin, me fait un clin d'œil de connivence en le repliant puisque, maintenant, je connais ses petites habitudes. Pour mes placards chéris ! Je ris avec elle, je trouve ça drôle, franchement drôle, et peut-être aussi est-ce pour me protéger de ce qui va suivre, qui le sera beaucoup moins : les menaces avec le fusil de chasse, les courses-poursuites dans la ville (je me suis réfugiée un jour chez la boulangère, qui me connaissait très bien, qui prenait mon flouze tous les matins pour la baguette, mais qui, me voyant affolée au point de vouloir me planquer derrière son comptoir, m'a hurlé de dégager et a menacé d'appeler les flics), les déclarations d'amour enivrées pour la retenir, et les baffes qui suivaient pour lui faire entendre raison. Le cauchemar. Elle a vécu un cauchemar, Martine. C'est Lucien qui a parlé. On aurait presque oublié qu'il était là, en retrait, mais bien là. Je me concentre pour écarter sa présence et tenter l'impression d'un tête-à-tête avec ma cousine. Il comprend vaguement l'enjeu du livre et mon désir de m'entretenir dans un semblant d'intimité avec sa femme. De mon côté, je conçois qu'il ne puisse pas envisager son après-midi sous l'aspect de tours de pâté de maisons. Et à part la salle d'eau dont la porte reste ouverte pour Radio Nostalgie, il n'y a guère de recoins où il puisse faire semblant de disparaître. Je n'ai pas de secrets pour Lucien, renchérit Martine, tentant à tout instant de me convaincre qu'elle et lui ne font qu'un. Elle accepte cependant de se désolidariser de sa moitié le temps de ma présence, pour le livre, pour la famille, mais surtout pour elle.

Je me retourne vers cet homme aux yeux tristes qui me regarde comme une sauveuse, alors que je ne sauverai rien ni personne. Il m'appelle ma p'tite Mario. Moi qui supporte assez mal les possessifs et les hypocoristiques, je tolère l'appellation, bien qu'elle me renvoie au « o » que ma mère eut tant de mal à effacer de son prénom. Je crois que j'aime bien Lucien et sa présence derrière mon dos ne m'est pas si intolérable. Il ne se cache pas, mais tente de laisser le champ libre. Il fait ce qu'il peut, et mon dos est le seul endroit pour lui où se tenir afin de disparaître, mais en partie seulement. Les présences derrière les dos sont tout sauf respectueuses comme la sienne. Parfois bien sûr Lucien ne peut plus se contrôler, et il déborde. La vie pourrie de Martine dont il est témoin, mais aussi la sienne, violente, abîmée, désespérante, noire et imbécile, pourtant, tu vois, on est là, et, ma p'tite Mario, on n'a pas fini de se marrer, parce que la vie, c'est quelque chose qu'on doit pas laisser passer, pas vrai ? Je réponds : Évidemment, il faut se battre, mais ça en vaut la peine. Je m'entends prononcer cette phrase, je m'entends faire semblant de partager des idées sur la vie, de comprendre, de compatir, de défendre l'idée qu'il faut se battre parce que ça en vaut la peine, mais quelle lutte, quelle récompense, de quelle vie parle-t-on qu'il ne faudrait surtout pas laisser passer ? Mes mots ont un goût de fer dans ma bouche, mais je ne m'arrête pas sur la sensation, je continue, vaillant petit soldat, petite fourmi qui exécute un travail parce qu'une force supérieure le lui a commandé, petite fouine qui cherche les raisons de sa passion subite pour sa cousine, entêtée dans la poursuite d'un projet qui lui échappe, petite Marianne. Maman, j'ai besoin de toi. Qu'est-ce que je fabrique, maman ? Dis-le-moi. Tu ne m'as jamais parlé de ta sœur autrement qu'en haussant les épaules, et le seul souvenir que je conserve de votre relation lorsque vous étiez encore des enfants concerne le récit de ton humiliation : ta sœur avait une forte poitrine, et toi, maigre comme un clou, tu portais ses habits quand ils étaient trop petits pour elle. Les garçons se moquaient de toi en tapant à l'emplacement des seins. Le tissu était déformé par la poitrine de Bernadette. Et les garçons te montraient du doigt en riant : Ouh, elle frime, elle n'a rien ! C'est peu. Pas assez pour comprendre la haine qui fit qu'elle ne vint pas te voir sur ton lit d'hôpital alors qu'elle savait que tu étais en train de mourir. Tu l'attendais, et la redoutais en même temps. Biquette ne viendra pas, disais-tu. Et pour garder la face, tu ajoutais : C'est mieux comme ça.

Je me souviens avoir eu ma tante au téléphone juste après la mort de ma mère. Ce ne furent qu'injures et propos incohérents.

Petite Marianne, m'as-tu demandé peu de temps avant de mourir, fais-moi la promesse de cesser de fumer. J'ai vingt et une années supplémentaires de tabac dans les poumons depuis ce jour de juin où je lui ai promis que, oui, j'allais arrêter.

Trois jours plus tard, on m'appelait de l'hôpital à quatre heures et demie du matin. Vous êtes Marianne Raevens, la fille de Paule Maillard ? Oui, c'est moi. Votre mère vient de s'éteindre.

Les fourmis

La gifle que Martine reçut ce jour-là me paralysa au sens propre du terme. J'avais l'impression de ne plus pouvoir bouger, d'être dans l'incapacité de faire un pas en avant ou en arrière parce que mes pieds restaient collés au sol. Une bonne gifle devant tout le monde, ça vous remet les idées en place ! On ne traite pas sa prof de gym de connasse molle du genou. Biquette fulminait. Pépée approuvait sa fille, tout en lui faisant remarquer qu'à force de dire des gros mots devant les enfants, il ne fallait pas s'étonner qu'ils se mettent à parler comme des charretiers. Oh, toi, la vieille, faut toujours que tu récrimines, t'as toujours un reproche à me faire ! Nous étions toutes les quatre dans la salle à manger qui donnait sur les collines de Saint-Clair, dont je connaissais chaque arête et que j'observais avec les jumelles quand Pépée m'en donnait l'autorisation. Ma mère m'avait une fois de plus confiée aux bons soins de ma grand-mère et était repartie à Paris. Mon frère souffrait d'un souffle au cœur et elle devait passer ses journées à l'hôpital, se relayer avec mon père à son chevet. Ses jours étaient peut-être en danger, ai-je appris en tendant l'oreille alors que j'étais censée lire *Les malheurs de Sophie.* Ce frère, depuis qu'il existait, m'éloignait régulièrement de mes parents. Il avait une santé fragile, avait enchaîné otites sévères, varicelle aiguë, diarrhées suivies d'hospitalisation, et caillot inquiétant au cerveau (qui s'était résorbé miraculeusement) à la suite d'un coup de marteau de mon petit établi que j'avais asséné sur sa tête lorsqu'il avait un mois et que j'avais quatre ans.

Nous étions toutes les quatre dans la salle à manger, Martine recouvrait sa joue de sa main, Pépée et Biquette étaient lancées dans une discussion concernant l'éducation des enfants, et je me suis mise à pleurer. D'abord doucement, puis les larmes me décollèrent de terre et je pus enfin faire le pas que je voulais effectuer depuis le début en direction de ma tante. Je le fis donc et, finalement, je fonçai sur elle en hurlant que c'était la plus méchante mère que j'avais jamais connue de ma vie. Ma tante n'eut pas le temps de réagir que déjà Martine me couvrait d'injures : C'est moi qui reçois la gifle et c'est toi qui pleures ! Non, mais elle est gonflée, celle-là. Et en plus, tu insultes ma mère ! T'as vu la tienne ? Tu te crois sa petite chérie mais elle fait rien que t'abandonner pour filer s'occuper de ton frère. Je préfère recevoir une baffe bien méritée que de savoir que je compte pour du beurre dans la famille.

Je tremble comme une feuille et me sens sur le point de tomber. Heureusement, Pépée me prend dans ses bras et m'entraîne dans le jardin. Viens voir mes tomates, me dit-elle. Je la suis dans le carré potager, en hoquetant. Regarde, celles-là, elles sont pour bientôt; moitié jaune, moitié rouge. On fera une grande salade avec un peu de poivron que j'achèterai sur le marché, on prendra une laitue, tiens, regarde celle-ci, elle ne demande que ça d'être cueillie, et avec un bon jus de pomme, on fêtera les vacances, qu'est-ce que t'en penses? Je n'en pensais rien parce que je n'aimais pas les salades, les tomates, et les produits du jardin en général. Je préférais les steaks hachés et les raviolis. Je demandai à ma grand-mère : Pourquoi personne n'aime personne? Mais tout le monde s'aime! me répondit-elle avec enthousiasme. Les larmes et les cris, c'est la preuve qu'il y a de l'amour. Te bile pas, Biquette est une grande tendre à l'intérieur, et Martine est pareille. Les chats ne font pas des chiens! Et moi, l'interrogeai-je alors, et ma mère? Vous, vous êtes différentes. Ta mère a voulu t'éduquer autrement, avec plus de tralalas, mais pour ton bien, tu peux en être sûre. Quand elle nous a annoncé ton prénom, on s'est tous foutus d'elle. Le symbole de la République française, rien que ça! Elle a voulu t'élever à un rang qui n'était pas le sien. C'est comme son idée de vouloir s'appeler Paule.

Qu'est-ce que tu veux, pour nous, elle restera toujours Paulo, c'est comme ça. Mais si elle est plus heureuse en s'appelant Paule, que son bonheur tient à si peu, ma foi, elle fait ce qu'elle veut. Biquette, elle, elle ne veut pas péter plus haut que son cul.

Ma mère pète plus haut que son cul. Je suis le pet plus haut que le cul de ma mère en me prénommant Marianne. C'est ce que Pépée la guenon, Églantine de son vrai prénom, tente de m'expliquer pour me consoler d'une injustice que je mettrai des années à comprendre. Tes tomates, je m'en fous, lançai-je à ma grand-mère en guise de représailles. Tu ne sais pas ce qui est bon, m'a-t-elle répondu en haussant les épaules, pas ébranlée un instant par mon indifférence à ses tomates.

Martine m'attend. Je le sais, elle est quelque part. Elle a disparu depuis la scène de la gifle. Lorsque je rentre dans la maison avec Pépée, Biquette est installée devant un pastis, le dos tourné à la fenêtre. Elle m'accueille avec un grand sourire : Alors, ça y est, ça va mieux ? Je ne réponds pas, mais cherche ma cousine du regard. Elle est où, Martine, je demande. Pff, elle s'est volatilisée, rit ma tante. Tu sais, ma fille, c'est un courant d'air. Heureusement qu'elle a des frères et sœur pour me la ramener par la peau du cul, mais les frères et sœur, à l'heure qu'il est, ils sont en colo. Mademoiselle a la chance de passer des vacances sur la Côte d'Azur, mais elle ne s'en rend pas compte. C'est ta préférée ? C'est une obsession chez toi, qui on préfère ! Non, c'est Jacques, mon préféré, si tu veux savoir. T'es contente ? Alors pourquoi il n'est pas là, avec nous ? Il te manque, hein ? Ma tante me lorgne d'un air goguenard. Elle s'enfile une rasade avant de me dire : Ça, tout le monde s'en est rendu compte, dans la famille, que tu en pinçais pour Jacques. Et l'éclat de rire qui s'ensuit me fait quitter la pièce. Je voudrais être un chat, un chien, un poisson rouge, tout sauf une gamine en retard pour son âge, couvée par sa mère, chérie par son père, éloignée des deux seuls êtres qu'elle aime à cause d'un frère malade, livrée à la sauvagerie, obligée de s'arracher les cheveux par paquets à l'abri des regards pour souffrir autant que celles qui l'entourent. Je les hais, je les hais, je les hais. Pépée mourra d'un cancer du côlon, Biquette d'un cancer de l'utérus, ma mère d'un cancer de l'ovaire. On reste près des parties génitales dans cette affaire. « Je meurs par où j'ai péché », a prétendument dit ma tante. Ma grand-mère et ma mère n'ont pas établi de lien entre leur vie et leur mort, et, l'auraient-elles fait, ça aurait été irrecevable. Mais le sexe et l'enfantement sont choses dangereuses dans ma famille.

Martine m'attendait quelque part. Elle voulait que je la trouve. Je devais la chercher. J'explorai les chambres de la maison. Personne. Elle m'attendait dans le jardin. J'allai dans le jardin. Je descendis les marches du perron dans un état quasi somnambulique. Je me dis que, peut-être, elle était près des cyprès. Trois cyprès longeaient la clôture, et nous y établissions parfois des points de rendez-vous. Je descendis l'allée que nous avions surnommée l'allée des cyprès, et j'arrivai près des grands arbres. J'étais à bout de souffle sans avoir couru. J'appelai : « Martine ! » Mais seul le vent, etc. Je remontai la pente en diagonale, prévis d'atteindre les bruyères peuplées d'araignées qui formaient une sorte de cercle au centre duquel une conversation pouvait avoir lieu. Personne. Il était impossible qu'elle se trouvât dans le carré des arbres fruitiers, situé trop près de la maison, visible des fenêtres. J'écartai cette piste. Restait le grand fouillis, la nuit commençait à tomber, août vivait ses derniers jours, et le soleil finissait plus tôt. J'aurais pu rentrer, prétendre que j'avais faim pour précipiter le dîner, me coucher sur mon lit et poursuivre ma lecture des *Malheurs de Sophie* en attendant que les événements arrivent d'eux-mêmes. Mais je ne parvenais pas à m'arracher au jardin. Je voulais voir Martine, la rencontrer si fort que j'aurais tout donné pour qu'elle apparaisse devant moi, quitte à ce qu'elle m'insulte, me frappe, me demande d'implorer son pardon, me morde le bras en me faisant jurer de n'en parler à personne. J'avais besoin d'elle, immédiatement. Et immédiatement, elle se trouva là. Entre l'allée des escargots et le repaire des chacals. Je tombai dans ses bras. Elle m'embrassa sur la joue plus longtemps que prévu, à savoir que je gardai la marque de son baiser pendant plusieurs jours, celui-ci s'étant transformé en suçon. Tu es prête ? me demanda-t-elle sans préambule. Je relevai la tête, disposée à tous les défis pour me faire pardonner les pleurs ignobles qui l'avaient salie. Regarde. Je fixai mon attention sur le point qu'elle désignait et qui, dans la nuit tombante, ne ressemblait qu'à un petit trou dans la terre. Je ne vois rien. Approche-toi, baisse-toi, regarde bien. C'était une fourmilière. Tu mets ton doigt, tu mets ta main, tu mets ton cul, tu mets ce que tu veux. Non. Si. Et si je ne le fais pas ? Tu vas le faire. Martine me toisait.

Tu te rappelles le jour où tu m'as forcée à rentrer dans la fourmilière ? Pas du tout. C'est quoi, cette histoire ?

Je me suis baissée. Les fourmis grouillaient. Je me suis souvenue à temps que je les avais décrétées amies du temps où j'étais toute petite et où l'une d'elles grimpait sur mon bras. J'aime les fourmis, me disais-je pour me donner du courage. J'ai posé ma main sur la fourmilière. Tout de suite, les fourmis l'ont prise d'assaut. Martine avait reculé d'un pas et m'encourageait : Continue, ce n'est pas suffisant, elles ont peur de toi, mets-les en confiance ! Les fourmis chatouillaient mes bras, montaient sur moi, prenaient possession de ma personne. Je les encourageais à haute voix : Allez, venez, petites salopes (j'avais accès pour de bon à la langue interdite), profitez, je vous veux sur moi, partout, dans mes plis, dans ma bouche, dans ma culotte ! Martine ne rit pas à ma bonne plaisanterie. Je ris toute seule. J'enfonçais maintenant mes deux mains dans la fourmilière. Je ne pensais plus à rien, hormis au désir d'être couverte de fourmis. Et elles m'envahirent vraiment. Et, vraiment, je sentis des bestioles grouiller dans ma culotte. J'ai des fourmis dans ma zézette ! criai-je. Et je commençai à me toucher devant ma cousine. Je veux dire que, tout d'un coup, je trouvais ça très bizarre et très excitant, cette histoire de fourmis partout sur moi. Elles ne piquaient pas, ce n'étaient pas des fourmis rouges, c'était une espèce très gentille, noire, et inoffensive. Je trouvais pour la première fois de ma vie et complètement par hasard le haut lieu de la jouissance. Je me frottais en hurlant que j'aimais les fourmis, et ma cousine partit en courant. Je me retrouvais seule, envahie par les bêtes, et je n'avais plus peur de rien. La découverte de ce qui fut ma première expérience sexuelle me rendit forte. Je chassai les fourmis comme je pus, je le faisais en riant, rejoignis la maison et prétextai n'importe quoi pour prendre une douche avant le dîner. Cela me fut accordé par Pépée qui se sentait sans doute un peu coupable de m'avoir parlé du pet trop haut par rapport au cul de ma mère, et je passai à table dans un état d'euphorie intense. Biquette était déjà ivre morte au pastis, Martine évitait mon regard, et Pépée, qui accompagnait sa fille au vin rouge, évoquait son défunt mari, Paul, avec les larmes aux yeux et le regret que la vie ne soit pas bonne une fois pour toutes et point final.

Martine m'a fuie les jours qui ont suivi. Nous nagions chacune de notre côté, j'évitais le ponton, nous ne nous rencontrions plus dans le jardin, ne parlions plus le soir avant de nous endormir. À ses yeux, j'étais devenue le diable. Je l'avais vaincue. Son pouvoir sur moi rétrécissait de jour en jour. À la fin des vacances, je ne l'aimais plus.

La mort de Jacques

Mes cousins et cousines ont disparu de ma vie peu après l'épisode des fourmis. Sur ce point, nos mères étaient tombées d'accord : nous mélanger ne donnait rien de bon. Je n'oubliais pas Jacques. J'étais même allée jusqu'à supplier ma mère de m'autoriser à lui téléphoner. Ma tante, en entendant ma voix, était tombée des nues. Marianne ? Ben, qu'est-ce que tu lui veux, à Jacques ? J'ai des choses à lui dire. Et ce rire de dédain profond qui avait accueilli ma demande, je l'entends encore. Eh ! Jacques ! Viens voir là. C'est ta cousine Marianne. Il paraîtrait qu'elle a des choses importantes à te dire ! Jacques a pris le téléphone et, pour ne pas décevoir sa mère, a fanfaronné : Bon, je t'écoute ! Qu'est-ce que t'as de si important à me dire ? Oh, rien, ai-je bredouillé, et j'ai raccroché immédiatement, rouge de honte. Je ne devais jamais revoir Jacques. J'ai appris sa mort bien après qu'il a été mort. Mais j'ai conservé ce souvenir : sa façon de prendre sur lui le mal qui l'entourait et d'offrir des sourires qui l'élevaient au rang de prince. J'ai gardé en moi quelque chose de lui : sa joie idiote alors que tout foutait le camp.

Mon agenda indique que, le 14 mai 1998, je ne devais pas oublier d'enregistrer *Mourir à trente ans* de Romain Goupil qui passait sur France 2 à 0 h 45. Je travaillais dans la journée. À 18 h 30, j'avais rendez-vous chez le médecin. À 20 h, je voyais mon amie Hélène au bar La Marine et je lui annonçais mon intention d'épouser Guillaume parce que le mariage m'apparaissait comme la seule solution pour guérir de ma passion pour Antoine. À 22 h, je retrouvais Guillaume au restaurant Le Tagine, rue Jean-Pierre-Timbaud, je buvais du Boulaouane rouge et touchais à peine à mon plat, fébrile à l'idée que j'allais le demander en mariage et certaine qu'il me dirait oui (il m'aimait à la folie). J'attendais le dessert pour profiter de ce moment délicieux qui précède les grands moments et, lorsque les salades d'orange à la cannelle arrivèrent sur la table : Guillaume, veux-tu m'épouser? Eh bien ma chérie, qu'est-ce qui t'arrive? Tu ne te sens pas bien? Sa réaction enclencha cris et larmes et, à cette époque, peu m'importait que les clients du restaurant portent sur moi des regards étonnés, voire réprobateurs. Les patrons étaient compréhensifs. Bref, une sortie en fanfare, une nuit infernale à me faire consoler par Guillaume qui persistait dans son refus de m'épouser, mais qui m'assurait de tout son amour en supportant avec dignité les coups que je lui infligeais. Il réagit seulement quand il reçut le *Petit Larousse* en pleine figure. C'est-à-dire qu'il se rendit aux urgences à cinq heures du matin pour se faire poser des points de suture. Il en porte la trace encore aujourd'hui, une petite cicatrice sur la joue gauche. Il ne m'en veut pas, il trouve que ça lui donne un air cow-boy. Le lendemain matin, j'appelai ma supérieure hiérarchique pour l'informer que j'étais souffrante et décidai de prendre le premier train pour Marseille. L'ami d'enfance qui m'accueillit là-bas dut supporter les récits chaotiques de mes amours impossibles. C'était la fête, un feu d'artifice de sentiments, de conflits amoureux, de questions existentielles sur l'amour, le sexe, la passion, la folie qui attendait au tournant, qui suis-je, vers qui vais-je, où va ma vie, et ce vertige délicieux qui fait que l'on se sent vivant.

Le 14 mai 1998, Jacques mourait. Sa femme, Brigitte, avait reçu pour consigne de n'alerter personne sur l'état de son mari. Elle protégeait comme elle le pouvait ses trois enfants. Le petit dernier, Thomas, avait deux ans. Elle cantonnait leur lieu de vie à leur chambre, leur apportait à manger, leur racontait des histoires, leur inventait un papa si fatigué par son travail qu'il n'avait plus le courage de s'occuper d'eux, mais il fallait qu'ils le comprennent, il les aimait si fort que son seul souci était qu'ils ne manquent de rien. Il avait tellement travaillé que ses reins, ses épaules, son ventre, ses jambes, sa tête et ses bras étaient devenus très lourds, si lourds qu'il devait rester au lit. Et quand la plus grande (onze ans) demandait : Mais pourquoi il sent l'alcool, pourquoi il y a toujours des bouteilles de vodka et de vin autour du lit, pourquoi il crie la nuit, pourquoi il hurle qu'il nous aime en levant la main sur nous, Brigitte répondait : C'est parce qu'il a trop travaillé. Le travail, dans la tête de ces enfants-là, serait associé à l'ivresse, à la déchéance, à l'impossibilité d'embrasser ses enfants le soir sans se plier en deux de douleur. Tania, la plus grande, a dit un jour à sa mère qu'il fallait appeler un médecin, que papa n'était pas bien, qu'il allait mourir. Et Brigitte, n'en pouvant plus de mentir à ses enfants, de supporter son mari ivre du matin au soir, devant pourtant acheter de quoi manger, devant, pour les nourrir, se rendre, coûte que coûte, tous les jours à l'hôpital où elle exerçait le métier d'aide-soignante, a giflé sa fille. Elle qui ne frappait jamais a frappé. Et la joue rouge de Tania, suffoquant de stupéfaction et d'angoisse, la poursuit encore aujourd'hui, alors qu'elle n'a plus de mari, qu'elle a perdu son travail, qu'elle se démène pour prouver qu'elle a droit aux allocations, qu'elle accepte les travaux de couture au noir et qu'elle continue, soir après soir, à raconter des histoires aux enfants, même s'ils ne sont plus là, ou si peu ; le dernier a déjà quatorze ans.

Mais ce jour-là, le 14 mai 1998, le visage chéri de son Jacques lui a fait peur. Il ne semblait pas la voir et elle, qui ne s'inquiétait presque plus des bouteilles qui traînaient autour de leur lit, a pris peur ; deux bouteilles de vodka, trois canettes de bière, et deux Villageoises. Elle s'est approchée de lui et lui a dit Mon amour, cette fois tu y es allé un peu fort, que dois-je faire ? Prends les enfants et va-t'en, a-t-il répondu dans un souffle. Elle a dû ouvrir grandes ses oreilles pour comprendre ce qu'il lui disait. Il parlait, c'était bon signe. Puis il a commencé à gémir et à dégueuler, mais était-ce mauvais signe ? Il vomissait si souvent, prétendait que ça lui faisait du bien.

Tania a passé une tête depuis la porte de sa chambre, et Brigitte lui a hurlé de disparaître. La porte s'est refermée. Et puis son amour, Jacques, a eu des mouvements de lèvres qui l'ont inquiétée pour de bon. Elle a senti l'odeur de la merde. Elle a compris que son bel amour ne contrôlait plus rien. Elle n'avait pas le droit d'appeler qui que ce soit, mais elle savait qu'on approchait de la fin. Les trois petits étaient derrière la porte, et elle les imaginait plus terrifiés que d'habitude, peut-être parce qu'elle-même n'en menait pas large. Jacques, a-t-elle dit, je vais appeler les pompiers. Jacques ne réagissait plus. Son beau visage qu'elle avait refusé de voir se déformer sous l'effet de l'alcool était figé vers elle dans un rictus qui pouvait ressembler à un sourire. Jacques était si bon, si enfantin, si généreux. Le jour de son accident de cheval qui marqua la fin de sa carrière de jockey, il avait eu ce rire fataliste : Personne n'a jamais cru en moi, et je vais prouver à tout le monde que « personne » avait raison. Il s'était mis à boire, comme les autres, parce que sa mère buvait, son père buvait, ses frères et ses sœurs buvaient, youpi ! on boit tous à la santé de cette chienne de vie qui nous fera la peau à tous, mais vivons-la pleinement ! Les verres s'entrechoquaient de toutes parts, on ne sait pas qui trinquait avec qui, mais les ventres étaient remplis, les foies s'égosillaient et dégueuler était l'étape qui permettait de s'y remettre.

Brigitte composa le 18. Enfin, c'était fait. Les pompiers arrivèrent dans le quart d'heure qui suivit. Les enfants ouvrirent la porte de leur chambre lorsqu'ils entendirent s'introduire dans leur maison une force étrangère. Jules, le garçon de neuf ans, voulait être pompier. Il observa toute la scène en se demandant si, un jour, il serait obligé de secouer ainsi un homme. Car les pompiers secouaient Jacques comme s'ils voulaient le forcer à parler. C'est à ce moment-là que Brigitte se rendit compte que son homme était devenu gros. Ses yeux étaient exorbités et ils ne la regardaient pas. Ils voyaient ailleurs, et les enfants poussèrent des cris sauvages. Papa est mort ! dit Jules. Thomas se mit à pleurer, et Tania tempéra en expliquant à ses cadets que papa avait trop bu, rien de plus, que ce n'était pas un drame. Elle serra ses deux frères dans ses bras et pensa au contrôle de mathématiques qui l'attendait le lendemain, un vendredi, dernier jour de la semaine.

Brigitte essayait de parler raisonnablement aux pompiers. Qu'en est-il de son état ? se forçait-elle à prononcer. Son état est grave, madame, votre mari doit être transféré d'urgence à l'hôpital. Jacques ne regardait plus rien. Il ne semblait pas se rendre compte qu'il quittait une femme qui l'aimait d'un amour si grand qu'elle avait tout accepté, elle qui ne buvait pas une goutte d'alcool, qui travaillait comme aide-soignante dans le service des grands brûlés à l'hôpital Cochin, ce qui l'obligeait à se lever à 5 h 30 du matin. Il ne semblait pas se rendre compte que trois enfants l'aimaient par-dessus tout, parce qu'il avait toujours réussi à les faire rire, à leur apprendre des jeux inconnus de tous les enfants, mais que lui seul connaissait : on improvise une cabane en dix minutes, on se faufile dans les queues pour passer devant tout le monde, on pique des bonbons mais on ne le dit à personne, on se roule dans l'herbe jusqu'à ne plus savoir quel pied ou quel bras est à qui, on regarde des westerns en se moquant des cowboys qui mâchonnent un brin d'herbe entre les dents. On les emmerde tous. Tania, Jules et même le petit Thomas aimeront leur père toute leur vie parce que c'était un vrai papa. Un papa qui travaillait trop et qui buvait des choses qui l'ont mené à une mort certaine. Mais si papa n'avait pas bu, il nous aimerait toujours, pensent-ils encore aujourd'hui.

Inutile. C'est le mot d'un pompier qui a marqué la fin. Jacques ne réagissait plus à rien. Je sais qu'il aurait aimé prendre ses enfants dans ses bras. Il aurait voulu les toucher, les rassurer, tout va bien, mes chéris, surtout travaillez bien à l'école. Prenez soin de vous, et de votre mère. Je vous aime tant, aurait-il voulu leur dire. Je vous aime, aurait-il répété, s'il en avait eu la force. Brigitte, mon amour, merci. Je t'aime, aurait-il dit. Il a été recouvert, emmené, et les pleurs de sa femme et de ses enfants ne le firent pas revenir à la vie.

Ce même soir, j'assénais un coup de dictionnaire à un homme qui refusait de m'épouser. Je voulais mourir et trouvais la vie franchement cruelle. Le lendemain, je partais pour Marseille. Vive le Sud, m'étais-je dit le 15 mai 1998 au matin en appuyant mon front contre la vitre du train qui peinait à quitter Paris.

Tania, ce vendredi-là, n'a pas assisté au cours de mathématiques. Elle n'a pas pu pleurer parce qu'une boule lui bloquait la gorge, et elle voulait rester digne devant ses petits frères qu'elle devait garder le temps que sa mère fasse les papiers. Pour Tania, « faire des papiers » restera une expression liée à la mort de son père. La mort entraîne de devoir faire des papiers. Elle se demande ce que peut bien écrire Brigitte sur les feuilles blanches qu'elle est obligée de remplir. Lui demande-t-on de raconter sa vie avec Jacques ? Tania voudrait faire des papiers, elle aussi. Elle a envie d'écrire qu'elle aimait son père, même quand il poussait des cris de bête parce qu'il avait mal et qu'il buvait à la bouteille pour faire passer la douleur, même quand il leur hurlait à tous les trois de disparaître dans leur chambre. C'était un papa qui, lorsqu'elle était petite, l'emmenait dans la forêt pour suivre les empreintes des animaux. Et tous les deux, ils riaient de leur peur quand la forêt craquait et qu'ils avaient craint un instant de devenir la cible d'un sanglier. Ils avaient vu des biches, en vrai, et des écureuils. Ils se tenaient par la main, et parfois ils ne disaient rien. Tu es mon enfant magique, lui disait-il. Tu es mon papa magique, répondait-elle. Et puis, petit à petit, il s'était mis à ne plus l'emmener en forêt. Il travaillait dans un bar depuis sa chute de cheval, et le bar lui prenait tout son temps. Il la regardait parfois avec une tendresse animale, mais il ne prononçait plus son nom, ou rarement. Il s'adressait aux enfants en groupe : Les trois mômes, filez dans votre chambre, je ne veux plus vous voir. Mais Tania comprenait que son père ne supportait plus leurs regards sur lui, parce qu'il avait honte. Elle tirait les petits dans la chambre et essayait de faire ses devoirs tandis que Jules et Thomas se chamaillaient dans un coin. Les larmes ne sont pas venues aux yeux de Tania du début du matin à la fin du soir, mais elle s'est promis que justice serait rendue. Ces mots n'avaient pas beaucoup de sens pour elle, elle les avait peut-être entendus à la télé, mais ce sont ceux qui lui ont permis de tenir cette longue journée du 15 mai 1998.

Ce même jour, les yeux gros comme des œufs d'avoir pleuré toute la nuit, j'espérais un soleil chaud et réconfortant qui m'attendrait à l'autre bout de la France.

Le vin

Vingt-quatre jours ont passé depuis que Martine m'a téléphoné pour me dire qu'elle m'avait vue au journal de France 3. Vingt-quatre jours avec elle, contre elle, sans elle, hormis ce lundi où je me suis propulsée à Rambouillet comme un boulet de canon, vingt-quatre jours à compter les jours qui me séparaient de notre prochaine rencontre, à l'appeler pour confirmer et confirmer encore qu'elle m'attendrait bien ce jour-là, le 5 novembre, après-demain, alors que de mon côté je ne cessais de remettre en question la pertinence d'un nouveau déplacement. Je finis, épuisée par les nuits d'insomnie, par le maintenir. J'ai acheté les billets et pris les horaires Paris-Rambouillet à l'occasion d'un aller-retour éclair à Nantes. J'étais à la gare Montparnasse, j'avais un bon quart d'heure d'avance, et j'ai avisé les guichets banlieue. C'est le moment, me suis-je dit. Il y avait la queue. J'ai attendu mon tour. Je voyais les minutes passer et j'étais exaspérée par les touristes qui demandaient des explications pour se rendre à tel ou tel endroit, j'enrageais, je soupirais bruyamment et tapais du pied comme un petit cochon, je devenais pénible pour les autres car rien n'est plus agaçant que de voir s'impatienter quelqu'un ostensiblement, je murmurais à voix basse Bon sang, ils vont me faire rater mon train, ces petits cons. Je sais que je ne serais pas montée dans le TGV pour Nantes si je n'avais pas obtenu mes billets pour Rambouillet. J'avais besoin d'affirmer ma décision. C'était fait. J'ai couru quai 2 et je me suis installée sur mon siège, rassurée, tremblante à l'idée que j'aurais pu rater un entretien en vue d'un travail pour cette unique raison : acheter des billets de banlieue pour le 5 novembre. (Cela n'aurait rien changé au cours de ma vie ; je ne correspondais pas au poste pour lequel je postulais : guide touristique pour commerciaux nantais d'une usine de biscuits en déplacement à Paris.)

Je veux parler d'alcool avec elle.

Depuis vingt-quatre jours, ma consommation de vin a atteint des sommets. Je me mets à penser à Martine vers sept heures du soir, au moment où la nuit vient de tomber, où ma fille prend son bain. Toutes les deux minutes, je suis appelée pour assister aux ruses de Lucia la poupée pour échapper à Croquenfer, le crocodile. Et quand j'explique à Fanny que j'aimerais me poser un peu, elle me répond : tu ne travailles plus, tu ne dois pas être fatiguée. Et à peine suis-je repartie dans l'autre pièce qu'elle crie pour me supplier de venir voir l'extraordinaire retournement de situation : Lucia a attrapé Croquenfer et lui maintient la gueule fermée par la seule puissance de ses bras. Le jeu va continuer, mais c'est le crocodile qui va fuir la poupée. Et pendant ce temps-là, tout en m'émerveillant devant l'extraordinaire imagination de ma petite fille chérie que j'aime tant et à qui je fais des baisers sur les joues à chaque passage dans la salle de bains, je pense à Martine. J'aime photographier les enfants quand ils sont sur la cuvette des chiottes quand ils chialent. Ça fait de très belles photos. Chiale, tu pisseras moins, disait Pépée. Mange ta main et garde l'autre pour demain a même été capable de me conseiller ma mère lorsque la faim me prenait au moment où je venais de me coucher. Elle répétait les paroles de Pépée parce qu'il est parfois impossible de se protéger des paroles qui ont marqué l'enfance. Mange ta main et garde l'autre pour demain. J'ai dit ces mots à Fanny un soir où elle voulait prolonger le plaisir de rester éveillée. (Fanny a peu d'appétit et, dès qu'elle a faim, je déploie les propositions. Veux-tu des tomates, des oranges, des pommes, des yaourts, du fromage...) Mais ce soir-là, n'en pouvant plus de ses ruses pour retarder l'heure du sommeil, j'avais dit : Mange ta main et garde l'autre pour demain. Le rouge m'était monté aux joues et mon cœur avait battu. J'avais l'impression d'entendre ma mère, et je sentais venir les larmes que je versais lorsque j'étais enfant, tant son refus de me donner à manger m'affamait davantage. Fanny a éclaté de rire. Puis elle a mis sa main à la bouche et a fait semblant de la mordre. Donne-moi la tienne, la mienne est trop petite pour ma grande faim. J'ai éclaté de rire avec elle et je lui ai apporté un pain au lait et du chocolat en barre. Un truc dingue, puisque le chocolat était proscrit, surtout après le lavage de dents. L'aplomb de ma fille me libérait de la pulsion mauvaise qui m'avait poussée à un certain sadisme. Elle me résistait, et je n'avais plus rien à craindre. Merci, Fanny, merci, merci, merci. Mange ta main et garde l'autre pour demain est devenu un jeu entre nous. Elle me le dit, je le lui dis, on se le dit tout le temps, et on rit, et on aime prononcer la phrase en plein après-midi, quand on n'a faim ni l'une ni l'autre, juste pour éprouver ce qui nous lie, ce qui nous rend heureuses sans raison, un souvenir, de l'amour fou, une expérience.

J'ouvre enfin la bouteille. J'avale la première gorgée d'un vin de Bordeaux à 10 €. Maman ! Fanny, continue à jouer gentiment avec Lucia et Croquenfer mais, maintenant, je suis occupée. Tu fais quoi, maman ? Je travaille. Ce n'est même pas vrai, tu ne travailles plus ! La deuxième gorgée est terrible : je n'ai plus envie de bouger ni de faire quoi que ce soit. Je veux sortir ! hurle Fanny. Attends ! Non, je n'attends pas ! Je pense à Martine. Je n'ai pas la force d'aller laver, rincer, sécher Fanny. Fanny est une violente réalité, Martine, un doux rêve. J'allume une cigarette tandis que ma fille s'égosille. Je me donne le temps d'une cigarette pour évaluer la situation. Fanny connaît mes réticences à la sortir du bain, et elle en fait un enjeu personnel. Ses « maman ! » à répétition ont raison de moi, et je résiste à l'envie de lui demander de cesser de m'appeler « maman », ce que faisait ma mère quand elle n'en pouvait plus. J'ai tant voulu que quelqu'un m'appelle « maman », et ce quelqu'un, c'est elle, ma Fanny, mon miracle, mon amour. Après trois verres, je vais laver rincer sécher ma fille, la mets en pyjama, lui prépare à manger, lui raconte une histoire, petites grattouilles dans le dos, et au pieu les p'tits vieux !

Martine. Je suis enfin à toi. Je m'enfile un autre verre de vin avant de t'imaginer. Voilà, je te vois. Tu es dans ta cuisine salle à manger chambre. Accoudée à la table en contreplaqué, tu attends l'heure d'aller dormir. Lucien n'a plus la force de te parler. Peut-être la télé, la télé sûrement. Vous commentez une série, pas vraiment convaincus par la cohérence de l'histoire. Pendant ce temps-là, je gravite autour de toi, je note, je te croque. Que dis-tu de ça ? Ça t'épate, hein ? Ha ha ! chère cousine qui m'obligeait à bouffer les fourmis. J'ai envie de te dire que je t'aime, mais le mot ne passe pas la barrière de mes dents. Cet amour est mou, son objet incertain. Il erre vaguement entre nos mères qui se sont tant haïes, ne sait pas trop quelle direction prendre. Il se pourrait qu'il veuille rapprocher nos mortes. Pouah ! Cette simple idée m'écœure. Mais pour qui te prends-tu, ma p'tite fille ? Tais-toi, maman, j'essaie juste de comprendre pourquoi je veux écrire ce livre, une foutrerie, en vérité, mais il est un peu tard pour nommer ainsi les mots qui se bousculent et me poussent à vouloir les coucher sur le papier. Allez, allez, c'est parti ! Je veux savoir d'où je viens, de quels conflits, de quelles haines intestines je suis issue ! Allez, Marianne, ne perds pas de temps, écris ! Yes ! On y va !

Mais qui va où ? Est-ce que Martine vient avec moi ? Non. Elle rumine, elle tente de tenir avec sa limonade artisanale truquée, son Lucien dont la vie est encore pire que la sienne, mais qui n'en parle devant moi que par allusions en me laissant entendre qu'il aurait de quoi rivaliser. Alors, Martine, tu veux me dire toute la vérité ? Je t'écoute. Elle tient en un mot : l'alcool.

Maintenant, je me comporte bien. Je me contente de vin blanc mêlé d'eau après le café. À huit heures et demie du mat, je m'enfile mon premier canon. Huit heures et demie ? (Je n'en crois pas mes oreilles.) Avant, c'était pire, c'était Pelure d'Oignon à cinq heures du matin. (Pelure d'Oignon, un vin rosé immonde qui a réussi à se faire une appellation.) Pelure d'Oignon à cinq heures du matin ? Mais pourquoi ? Comme ça, me répond ma cousine, les yeux dans le vague. Mais à cette époque-là, j'étais au Ricard, aussi. As-tu conscience, me suis-je forcée à lui demander, que l'alcool détruit les neurones ? Un éclat de rire a accueilli ma question.

Les neurones ? Ouais, sûrement, mais ça, j'en ai rien à foutre ! Et elle se met à pleurer : Pour qui devrais-je vivre ? Qui va me regretter, si je crève ?

Martine, je bois. Je te l'avoue : je me défonce la gueule tous les soirs pour me rapprocher de toi. Je ne pourrai pas écrire mon livre sans m'enfiler des paquets de vin que je bois à ta santé, à celle de ta mère, de la mienne, à celle de notre grand-mère cinglée qui engendra des filles et créa l'injustice. Nous sommes issues de cette injustice-là, il n'y a qu'à nous regarder pour constater à quel point nous sommes différentes, et cette différence, je voudrais l'estomper. C'est un projet qui me ramène chaque jour à lui et à son absurdité. Il dure en moi *parce que* son sens m'échappe, et je me traîne par terre devant lui comme si ma vie en dépendait. Ma vie en dépend. Je me sens faible et vulnérable, je suis prête à tout pour te rejoindre, pour aller à ta rencontre. Nous nous verrons demain, j'apporte le poulet et les gâteaux, c'est convenu, je prends le train de 10 h 03 à Montparnasse. J'ai acheté un fume-cigarette Denicotea noir, taille moyenne, faux diamants, assorti d'une boîte de filtres. Un clin d'œil, une surprise, un geste, un truc pour te faire plaisir, pour évoquer nos gènes, la seule chose que nous ayons en commun.

Les cicatrices

À partir de Versailles, je m'intéresse aux forêts. Je tente de m'arracher à la beauté des couleurs pour me concentrer sur les troncs et les trouées que la position du train permet parfois d'apercevoir, lorsque le wagon offre une proximité un peu surréaliste avec la nature. Je m'avance pendant des fractions de seconde sous les arbres avec une sorte de délicieuse angoisse. J'ai l'illusion fugace que ma famille s'y trouve, assommée par l'alcool et dévorée par les vers. Assommée par l'alcool, c'est vrai, dévorée par les vers, c'est vrai aussi pour plusieurs membres de cette même famille, mais sous les arbres, non. Non, ils ne sont pas morts sous les arbres. Le seul qui a été retrouvé éventré et bouffé par les sangliers, c'est Charlie, un type pas du tout de la famille dont j'ignorais l'existence il y a de cela à peine un mois. Et ce Charlie me hante. Je suis dans la Renault 16 le jour où son corps est découvert. Arrête-toi, c'est lui ! Une masse sombre. Nous n'avons pas eu besoin de tourner longtemps. Le hasard nous a ramenées à lui comme s'il y avait eu une sorte d'urgence à ce que nous découvrions ce que nous avions fait de cet homme. Freine, puisque je te dis que c'est lui! C'est boueux, faudrait pas s'embourber. Tant pis, faut se dépêcher. On sort de la voiture, il fait un froid de gueux. Ma mère est complètement ivre, mais il semblerait que la vision la ramène à la réalité. C'est lui! Une sorte de râle, pas même un cri. Je m'approche, je constate : c'est lui. Il a encore sa tête, ses yeux sont ouverts, mais ça commence à se dégrader au niveau du menton. Plus rien. Le menton est absent. Je me concentre sur l'absence du menton. Le cou est intact et relie la tête au corps, tout à fait déglingué, abandonné par parties, c'est-à-dire qu'un bras est vraiment loin du reste, et que l'on a peine à imaginer qu'un sanglier se soit acharné au point de vouloir faire tant de mal à Charlie. La première réaction de ma mère est de le recouvrir de feuilles, pour qu'il ait moins froid. Je la secoue, je lui propose que nous reprenions la voiture, que nous alertions la police, que nous nous comportions normalement. Elle m'envoie une gifle à me dévisser la tête, et elle se met à pleurer. Ma petite fille, pardon, je ne voulais pas te faire mal. Pardonne-moi si je t'ai fait du mal. Du mal, je ne veux pas t'en faire, mais t'es quand même une sacrée roulure, tu en conviendras, non? T'es quand même une belle ordure, oui ou non? J'ai répondu oui, pour qu'elle se calme, et elle s'est calmée. Bon, rentrons et prévenons les poulets, a-t-elle dit. Nous sommes remontées en voiture en direction du commissariat dont nous connaissions l'adresse par cœur. L'enterrement a eu lieu dix jours plus tard, parce qu'il fallait déterminer les circonstances de la mort. Charlie, envahi par l'alcool, furieux contre Biquette, et se réfugiant dans les forêts, avait été attaqué par les sangliers qui avaient mis fin à sa vie de façon cruelle. Nous nous sommes recueillies sur sa tombe ; il eut cette chance. Ma mère alla même jusqu'à faire un discours légèrement incohérent sur ce mort, frère de Simon, son cher Simon qui était le portrait craché de Charles Aznavour, qu'elle avait aimé, lui au moins, mort quelque temps plus tôt dans des circonstances très tristes elles aussi, mais le principal finalement c'était que Charles, son véritable amour (elle pouvait bien le dire maintenant), ne fût pas encore mort. La vie pouvait continuer puisqu'il chantait toujours pour elle. Les quelques personnes présentes hésitaient. Fallait-il qu'elles s'insurgent pour réhabiliter la mémoire de Charlie ? Nul ne dit rien. L'on considéra que cette oraison funèbre avait un sens pour cette pauvre femme qui perdait ses hommes les uns après les autres.

Martine, t'es-tu un jour représenté la souffrance de ta mère ? Un regard vide et pas de réponse. Mais un peu plus tard : Et la mienne, de souffrance, qui y pense ? Toi peut-être ?

Le train arrive en gare. J'emprunte la rue de l'Embarcadère, puis la rue Chasles pour tomber place Félix-Faure. J'ai déjà, avec les lieux, un sentiment de familiarité. Sur le chemin, je reçois un appel et un texto. Je fais la morte. Je suis hors d'atteinte, déportée dans un temps où je suis la cousine germaine de Martine, où je deviens le lien de parenté, un espace flou que je peux circonscrire. Un livre ? C'est à mourir de rire. Je trouve soudain l'idée si grotesque que je suis tentée de faire demi-tour. Mais on ne fait pas demi-tour avec un poulet d'un kilo cinq dans un sac. Le poulet, c'est la famille. Les gâteaux du dessert, c'est la fête. Le petit cadeau, c'est l'attention. Un lapin serait inconvenant. Un ciel bleu à ce point et un baromètre si clément, c'est un signe. Tout me pousse vers elle, vers eux, vers cette journée que j'ai voulue, que j'ai confirmée plusieurs fois, que j'ai appréhendée aussi, mais je suis ici, à Rambouillet, tout près des forêts. Allez-vous souvent dans la forêt ? Penser à leur poser la question. Aimez-vous les animaux ? Est-ce que la chasse vous attire ? Préférez-vous la mer ou la montagne ? À quelle heure buvez-vous votre premier verre d'alcool ? À quel rythme changez-vous vos draps ? Quelles émissions de télévision regardez-vous le plus volontiers ? Combien de rapports sexuels avez-vous dans le mois ? Est-ce que vous lisez les journaux ? Si oui, auxquels vous intéressez-vous le plus ? Avez-vous des amis ? Si oui, à quelle fréquence les rencontrez-vous ? Si non, pourquoi n'avez-vous pas d'amis ? Considérez-vous qu'il faille faire fi des humiliations pour trouver du travail ?

Travaillez-vous ? Si oui, combien d'heures par mois ? Si non, comment faites-vous pour vivre, pour payer votre loyer, pour acheter de la nourriture ? Est-ce que la propreté est une valeur pour vous ? Si oui, comment l'envisagez-vous et quelles sont vos priorités ? Si non, jusqu'où tolérez-vous la saleté, quelle est votre limite ?

Place Félix-Faure. Une pâtisserie me tend les bras. Belle bonne pâtisserie de Rambouillet. Je n'achète jamais de gâteaux. Ils ne me font pas envie. Les gâteaux, c'est la famille, et alors j'achète des gâteaux, une charlotte aux fraises, une tarte aux poires et un opéra. Diversifier l'offre, donner le choix. Je n'ai pas de préférence, ils choisiront. Martine me dira qu'elle n'aime pas les pâtisseries, et Lucien qu'il préfère remettre à plus tard. Je serai encore seule à manger un gâteau qu'une fois de plus je me forcerai à trouver délicieux, déclinerai de nouveau la proposition de les emporter pour Fanny, et me poserai la question de savoir ce qu'ils deviendront. Jetés, mangés, vendus, offerts ?

Gâteaux poulet cadeau réunis dans un grand sac prévu à cet effet, je me dirige vers le lieu qui m'habite nuit et jour depuis que j'y suis venue la dernière fois. Pas de code, il suffit de pousser la porte et de sonner à l'interphone avant la grille. J'appuie sur la sonnette que j'entends retentir chez eux. Personne. Je sens une sorte de panique m'envahir. Ils ont oublié, ils sont partis, ils dorment, ils sont morts ou, plus simplement, ils ont changé d'avis et n'ont pas envie de me voir. Ils me tendent un piège, et ils savent que le pire piège qu'ils puissent me tendre est celui de l'absence. Je sonne encore, plus longtemps, je les appelle de mon portable, mais rien ne se passe. Je commence à jurer. Entre les dents, de peur qu'ils m'épient : Putain de merde, ne me dites pas que j'ai fait tout ce trajet pour rien. Je suis prête à poser le poulet et les gâteaux devant la grille et à me casser aussi sec. Mais quelque chose me retient. Je me dis : Ils ne peuvent pas me faire ça. Et en même temps, je les imagine m'observer depuis une planque, et rire de mon désappointement. N'est-ce pas ce que je ferais, moi, si je me sentais traquée par la menace d'un livre ? Je prends la rue en sens inverse pour regagner la place Félix-Faure. Et, là, je la vois. Mon sang pige qu'il se passe quelque chose dans ma tête et accélère le mouvement. J'ai une sensation de chaud, de joie, de plaisir, de contentement un peu idiot qui fait venir sur mon visage un sourire très prématuré si l'on calcule la distance qui me sépare encore de ma cousine. J'ai reconnu le blouson blanc « Lotto » et la frise formée par le logo qui court le long du torse et du dos, la démarche pesante et légèrement claudicante. Pas une autre femme ne peut évoluer de cette manière dans la rue du Général-de-Gaulle, la rue riante et pimpante de Rambouillet. Ma cousine occupe le trottoir et, de loin, je reconnais le geste qui traque les petits sous dans les horodateurs qui fonctionnent ici encore avec des pièces. Je n'accélère pas le pas, me contente de profiter du moment, retarde même un peu l'odeur de l'alcool, les quatre bises de rigueur, les retrouvailles en somme.

Martine a le bras en écharpe. Ben, qu'est-ce qui t'est arrivé ? (Je me retiens d'ajouter « encore ».) Tu te souviens, les broches dans mon poignet ? (Martine est brochée de toutes parts et j'avoue que, le poignet, je l'avais oublié.) Eh bien, les broches, elles ont pété ! Grand éclat de rire. Mais c'est affreux, dis-je, réellement effrayée par tant de chocs, de fêlures, de blessures en tout genre. J'étais à vélo, je roulais normalement, j'allais voir Lucien qui nettoyait un square et j'avais même pensé à lui apporter un canon dans un fond de bouteille. Je te raconte pas : la bouteille, elle s'est fracassée et, le canon, il a jamais pu le boire ! Mais, et toi ? lui demandé-je, peu intéressée par la bonne blague d'un canon en moins pour Lucien. Oh, ben moi, j'ai morflé. La douleur, c'était terrible. Mais j'ai même pas hurlé. Je commence à avoir l'habitude. T'es tombée toute seule ? Un trou. J'ai pris un trou. C'est tout moi, ça. Il y a un trou : c'est pour ma pomme ! Et Martine rigole. Pourquoi ne m'as-tu rien dit quand on s'est parlé au téléphone ? Parce que tu n'aurais pas voulu venir. Mais si, bien sûr que si ! Ça n'a rien à voir ! Je saisis mal le lien de causalité entre son bras en écharpe et ma venue. Et puis soudain, tout s'éclaire : c'était pour faire la surprise, pour l'épate, pour la rigolade, pour que je constate de visu que la vie l'attaquait régulièrement, s'en prenait à son corps, ne la laissait pas en paix. Son plâtre le prouvait, elle ne racontait pas de conneries. Et, ce jour-là, comme pour me convaincre au cas où j'aurais eu quelques doutes, elle a remonté la jambe de son pantalon. Nous étions dans la rue de la République, à deux pas de chez elle, mais ça ne pouvait pas attendre. S'il te plaît, non, pas dans la rue, et puis je te crois sur parole. Il ne suffit pas de croire, il faut voir ! Et, à peine la porte refermée derrière nous, de baisser son pantalon, de remonter son pull, de découvrir son épaule. Amochée, ma cousine, sacrément, plus rien à voir avec le corps de princesse qui m'avait hantée toute mon adolescence tant le mien était laid en comparaison, et que j'admirais tant lorsque nous bronzions au soleil sur le Ponton du Large. Les garçons la reluquaient, et elle mettait sa main en visière pour regarder au loin, apparemment plus intéressée par la ligne d'horizon que par les freluquets puceaux qui promettaient monts et merveilles mais qui n'avaient rien dans le slip *(sic)*. Elle possédait une sacrée connaissance de l'amour, du haut de ses treize ans. Moi, pendant qu'elle communiait avec l'infini, j'observais les garçons la regarder. Ils se donnaient des coups de coude et pouffaient, passaient la main dans leurs cheveux, parlaient de la boum d'enfer de la veille pour attirer son attention, se fichaient complètement de ma présence, de ma fascination pour le phénomène. J'essayais de me mettre à leur place, de scruter ma cousine avec leurs yeux, et oui, décidément, elle était sublime. Je ne crois même pas que j'étais jalouse. Pour être jaloux, il faut imaginer pouvoir plaire et être rongé de ne pas avoir ce que l'autre obtient. Or, je ne m'imaginais rien. Je voulais être elle, c'est différent. Ma personne ne se comparait pas à la sienne, j'étais insignifiante, je le savais, je l'acceptais et je pense pouvoir dire que je n'en souffrais pas. Et, aujourd'hui, devant les cicatrices, je ne souffre pas. Je mets à distance les plaies raccommodées à la va-vite par des chirurgiens urgentistes, je n'ai pas demandé à voir, je suis presque furieuse de devoir assister au spectacle clownesque d'un corps martyrisé à outrance. Sous chaque boursouflure, je lis l'alcool. Ses membres son dos son ventre sont une carte des vins, du pastis, de la bière. L'alcool qui cogne et casse les os. Comment c'est arrivé ? Qui a provoqué qui ? Martine est une femme, c'est elle qui a encaissé, d'où les côtes, le tibia, le fémur, le poignet, l'épaule et tout ce qui s'ensuit. Les coups ont plu, même Lucien, le gentil Lucien, le Lucien qui lui a sauvé la vie... Oui, m'avoue Martine quand je lui pose la question, lui aussi. Moins que les autres, bien sûr, surtout au début, et encore maintenant, mais de temps en temps, c'est plus rare. Je n'ose pas l'interroger sur la force de ses coups. Tape-t-il moins fort que les autres ? Lucien. C'est le coup de grâce. La théorie des répétitions m'a poussée à lui demander si son homme la frappait, mais je ne voulais pas de cette réponse-là. Je suis totalement désemparée, sous le choc, et je me mets à éprouver une sensation de froid. Je claque des dents. Martine me propose d'allumer les radiateurs. Je balaie de la main la proposition. J'ai, pour la première fois en sa présence, envie de pleurer. Je regarde le brin de mimosa que m'a offert Lucien. Quand tu viens, c'est la jeunesse dans la maison, m'a-t-il dit, alors je t'offre une fleur pour te remercier. Je lui rappelle que je ne suis pas beaucoup plus jeune qu'eux. Tu es la vie, se reprend-il, au moins il se passe quelque chose dans la journée ! Je lui dis à quel point je suis touchée, d'autant que cette odeur me rappelle le jardin de ma grand-mère. Et je n'associe pas Martine à l'odeur du mimosa. Je ne dis pas *notre* grand-mère. Je me réapproprie mes souvenirs d'enfance, et elle en fait si peu partie que je m'octroie le droit de dire *mon mimosa, mon jardin.* Lucien m'attrape par les épaules et me secoue gentiment. La famille, c'est la famille ! Tu es ma petite cousine par alliance, ma cousine Marianne, et ça me fait chaud au cœur ! Il me prend dans ses bras, submergé par une émotion dont j'ignore l'origine, mais il me garde longtemps contre lui en répétant « Ma p'tite Mario ». Ça, c'est de l'amour ! déclare Martine. Lucien relâche enfin l'étreinte. De l'amour ont-ils dit. Et l'amour que je n'éprouve plus pour personne depuis si longtemps me pète à la gueule comme une mauvaise blague. C'est ici que je viens trouver l'amour, c'est ici que l'on me dit qu'on m'aime. Je ne suis pas émue ; je suis pétrifiée d'horreur. Je sors mon cahier pour signifier que j'aimerais bien qu'on s'y mette, car le temps passe si vite. Je dois repartir par le train de 16 h 05 pour un rendez-vous en vue d'un travail à dix-sept heures à Paris. On a mangé le poulet, on l'a trouvé tendre, la mâche était délicieuse, le vinaigre très acide quoique fait « maison » et extrait d'un tonneau, le gâteau excellent, mais bon sang, il est temps de passer aux choses sérieuses ! Lucien, sois gentil, va faire un tour, et toi, Martine, concentre-toi un peu, je te rappelle qu'on devait parler de l'alcool. Allez, allez, on se reprend, on y va, on s'y met ! même si c'est très drôle d'évoquer, pendant qu'on dévore pilons et hauts de cuisse, la gueule de Rémy, un copain, qui avait tellement bu qu'il voulait enculer une poule. Mais on n'est pas là pour rigoler.

Marine Le Pen

Dans le train qui me ramène à Paris, je me laisse aller contre la vitre et m'endors. J'ai la sensation d'avoir ronflé lorsque je sens le rythme du wagon ralentir et que l'agitation autour de moi me réveille. Je suis tombée dans un sommeil lourd et dépourvu de rêves. Je m'étonne ; jamais je ne dors dans les trains. Je regarde ma montre : un quart d'heure pour me rendre là où je n'ai aucun espoir de décrocher un travail. J'ai rendez-vous, au Café Français, à Bastille, avec Mme Grangier qui a désiré me rencontrer parce qu'elle a lu mon CV sur le site de Pôle Emploi. Elle m'a téléphoné. Par pitié, m'a-t-elle suppliée, comme si son vœu le plus cher était de déserter son lieu de travail, voyons-nous hors du bureau. Le Café Français, vous connaissez ? C'est un endroit facile et central, et le café est bon. Oui, ai-je répondu, le Café Français, ce sera parfait. Elle m'a indiqué qu'elle garderait son manteau léopard sur elle. Une imitation, m'a-t-elle précisé en riant. Je cherche maintenant la femme au manteau léopard, et je la vois. Je m'avance vers elle en lui tendant la main : Marianne Raevens. Enchantée, vraiment, prenez place. Nous nous quitterons une demi-heure plus tard, enchantées, vraiment, de nous être vues, mais convenant ensemble que le poste n'est pas pour moi. Je penserai à vous tout de même, au cas où nous rechercherions quelqu'un dont les compétences seraient plus proches des vôtres. Elle pensera à moi. Je l'en remercie. Nous nous quittons bonnes amies, certaines de ne plus jamais nous revoir.

Je n'hésiterai pas une seconde : ce sera Marine Le Pen. Dans le bus 65 qui me rapproche de chez moi après cet énième entretien à ne déboucher sur rien, quelques bribes des conversations de l'après-midi resurgissent. Tu vas voter Marine Le Pen ? Ben oui. Mais pourquoi ? Parce qu'il y en a marre. Et puis, elle est plus douce que son père. Plus douce ? Moins brutale, en tout cas, elle fait moins peur. Ah bon ? Elle fait tout de même un petit peu peur, non ? Pas du tout ! Pourquoi tu me demandes ça ? Marine, elle, elle sait parler. Les autres, c'est flou, on ne comprend pas ce qu'ils disent. C'est qui, les autres ? Tous les autres, c'est tous des pourris, y compris Sarkozy pour qui j'avais finalement voté au second tour. Ah bon, tu as voté Nicolas Sarkozy au second tour ? Il me semble pourtant qu'à l'époque tu m'avais dit que c'était le pire de tous. Peut-être que j'ai dit ça, mais la bonne femme en face, j'aurais pas pu. Pourquoi n'aurais-tu pas pu ? Rien que son nom, Royal, ça partait mal pour défendre le peuple. C'est quoi, le peuple, d'après toi ? Eh, oh ! C'est pas bientôt fini l'interrogatoire ? Je voterai pour Marine, c'est mon droit, c'est comme ça, et pas autrement. Tiens, c'est drôle, tu utilises les mêmes formules que Pépée. Elle disait : « C'est comme ça, et pas autrement ! » Mais, rassure-toi, elle était capable de dire, deux minutes après : « Il n'y a que les imbéciles qui ne changent pas d'avis. » Silence. Tu sais, Martine, si Marine Le Pen gagnait les élections, je quitterais la France. Elle est bien bonne celle-là, intervient le bon Lucien. Et t'irais où ? Je ne sais pas, dans n'importe quel pays, mais je ne resterais pas en France. On a des chances de te revoir alors ! J'espère bien ! Je me joins à eux dans le rire qui accueille l'évidence qu'on n'est pas près de ne pas se revoir. Je me dis : je connais donc deux personnes en France qui soutiennent le Front National. Contrairement à tous mes principes, je parle avec eux, je partage leur repas. Je me dis : il y a des situations où il est impossible de claquer la porte. Pourquoi t'est-il impossible de claquer la porte ? Parce que c'est ta cousine, ou parce que tu as besoin d'elle ? Ou n'est-ce pas plus simplement parce que ce n'est pas si facile de claquer une porte ? Quelque chose de mou et de sale m'enveloppe depuis le début de cette conversation. Et ce n'est pas fini : Les gens sont trop trouillards pour la mettre à la présidence. Mais vous, vous n'êtes pas trouillards ? Non, justement. C'est la seule qu'a des couilles, affirme

Lucien. Des couilles ? Façon de parler, de la volonté, si t'aimes mieux, du courage, de la franchise. Mais vous vous rendez compte que Marine Le Pen ne fera rien pour les gens qui sont en difficulté ? Vous en faites partie, non ? Vous n'êtes pas en difficulté ? Pas plus que toi, ma grande, rit Martine. Si tu parles de fric, ça oui, on a moins de flouze que toi. Mais pour le reste, je suis pas sûre de ce qu'on a en moins. Martine, je parle de la difficulté matérielle, justement. Je ne me permettrais pas de penser que... Mais si, tu le penses ! m'interrompt-elle. Tu ne t'es jamais fait mettre une rouste par un type, avoue ! Y a déjà un mec qui t'a frappée ? Non ! Bien sûr que non ! Tu ne fais pas partie de la catégorie des filles qui se font battre par les hommes, c'est tout ! Lucien acquiesce. Il ne me voit pas roulée en boule sous les coups d'un homme que j'aurais tellement énervé que, d'une certaine manière, je ne l'aurais pas volé.

La seule gifle ultra-violente que j'aie reçue, je m'en souviens comme d'un moment précieux où l'amour ne savait plus où donner de la tête. J'avais moi-même frappé si fort que le coup en retour scellait l'évidence : nous nous expérimentions sous toutes les coutures.

Mais Martine n'attend pas de réponse. Elle ne sait rien de moi, et ne veut rien savoir. Comment je vis, de quoi, quel travail je faisais avant d'être au chômage, est-ce que j'ai un amoureux, est-ce que ma fille est blonde ou brune, est-ce que je préfère le vin blanc ou le vin rouge.

Ce n'est pas fini : Au moins, avec Marine, les goulous retourneront dans leur pays, ils arrêteront de nous passer devant pour les boulots. De la violence des hommes, on repasse à Marine Le Pen, le grand sujet de notre conversation. Pardon ? Quand tu parles des goulous, tu parles de qui ? Des Noirs. Il y en a à Rambouillet et, à part un ou deux, ils nous emmerdent tous. Mais le pire, c'est que ce sont les feignants qui nous piquent le boulot. Lucien, magiquement, revient dans la conversation : Tu te souviens, Martine, du bamboula qu'on avait invité à boire un café parce qu'il nous avait réparé la porte, eh bien il nous a bu la cafetière entière ! et il éclate de rire. Êtes-vous racistes ? leur demandé-je sur un ton que je souhaite très neutre. Lucien voit rouge. Non, on n'est pas racistes. Mais on appelle un chat un chat. Un Arabe, c'est un crouille, un bicot, un bougnat, un bougnoule. Tu es choquée ? Je ne sais pas si c'est le mot, réponds-je. Bon, ben nous, on ne pense pas pareil que toi, c'est tout. Mais c'est bien de discuter, non ? d'échanger des points de vue, d'essayer de se comprendre, m'obligé-je à poursuivre en enfonçant mes ongles dans la paume de mes mains. Oui, moi, je suis ouvert à la discussion, mais il y a des choses qui ne se discutent pas. Qu'on commence à les renvoyer chez eux, et après on y verra plus clair. Je vous assure que ça ne réglerait rien, tenté-je de dire encore, la crise ne vient pas de là. Il suffit d'analyser les... Mais on s'en fout que ce soit vrai ou pas qu'elle vienne de là, la crise ! m'interrompt Martine. Et puis en plus, c'est vrai, se reprend-elle. Moi, j'ai toujours voté Le Pen, et j'ai toujours été déçue. Sauf en 2002. À ce moment-là, j'y ai cru. J'étais à l'hosto, les côtes en miettes à la suite de mon accident de voiture. Mais j'avais pensé à donner une procuration pour lui. Et quand j'ai vu sa tronche à la télé, quand j'ai compris qu'il serait au deuxième tour, j'ai voulu aller fêter ça en fumant une clope sur le balcon. Eh bien tu sais quoi ? Il y avait une petite marche pour accéder au balcon, je suis tombée et je me suis cassé la cheville ! Je suis maudite, y a pas à dire !

Les rires qui s'ensuivent me sont insupportables. Et les homos ? Vous aimez les homos ? Et les lesbiennes, connaissez-vous des lesbiennes ? Quel effet ça vous ferait de vous trouver face à une lesbienne ? Que savez-vous de moi ? Êtes-vous certains que je ne suis pas une lesbienne ? Et les Juifs ? Vous aimez les Juifs ? Savez-vous que les Juifs ont de l'argent ? Les Juifs sont au pouvoir et ont de l'argent. Vous en rencontrez à Rambouillet ? C'est vrai qu'ils sont un peu plus difficiles à reconnaître que les Noirs ou les Arabes. Le Juif se fond dans la masse. J'ai soudain envie de prendre leurs têtes et de les fracasser l'une contre l'autre. Je les trouve ignares, ignobles, et j'ai juste envie de leur balancer le mimosa en pleine gueule, de vomir le poulet qui leur évoque Rémy qui voulait enculer les poules et d'écraser les gâteaux que personne n'aime. La scatologie leur va bien, comme elle convient aux bourreaux. Mais ce ne sont pas des bourreaux, ce sont des victimes, et c'est là tout le problème. Qu'espérez-vous ? Dites-moi. J'ai besoin de savoir ce que vous voudriez. J'ai froid, très froid soudain. Je ne voulais pas en arriver là. Pourquoi m'as-tu appelée, Martine, pour me dire que tu m'avais vue à la télé ? Pourquoi es-tu venue te frotter à moi ? Mais j'abdique et lui demande simplement : Ah bon, tu t'es cassé la cheville le 21 avril 2002 ? Ouais, tu conviendras que c'est pas de bol. Tu n'as jamais eu de chance, en fait. Jamais. C'est ma vie.

Ma petite maman, si tu savais que je suis ici, en train d'écouter ta nièce me parler de Marine Le Pen. Ma petite maman, je pense à toi quand j'entends *Dis, quand reviendras-tu ?* de Barbara, mais je sais que tu es morte et t'adresse une pensée que tu ne reçois pas. Morte, ça veut dire ton cadavre au cimetière de Chevilly-Larue où j'ai tenté de me rendre une fois, et où ça n'a rien donné. Tu n'étais plus ma mère, tu as cessé d'être ma mère à quatre heures et demie du matin le 14 juin 1989. Je t'aime à la folie. Et je continue à t'aimer en dépit de tes os qui dansent devant mes yeux depuis vingt et un ans. Écrire un livre me permettra peut-être de te parler enfin. Je vais écrire un livre, maman. Je te parle, maman. Et si tu n'es plus là pour m'écouter, je te parle quand même. Je t'aime, maman. Je t'aime je t'aime je t'aime. Je voudrais que tu reviennes, en vrai. Je voudrais que tu reviennes. J'ai envie de partir en vacances avec toi, et qu'on soit à ne rien faire dans un bel endroit dont tu n'aurais jamais imaginé qu'il existe. J'ai envie de t'offrir des robes, et que tu sois fière de les porter dans un endroit où porter des robes est agréable. Je voudrais porter des robes avec toi. Nous marcherions en robe et tu annoncerais aux autres : C'est ma fille. Et la fille, ce serait moi. Et je serais fière que tu sois ma mère dans cet endroit où l'on porterait des robes. Je rêve. La tienne serait violette et la mienne serait mauve. Nous nous installerions à cette table, vois-tu, sous la tonnelle, face à une étendue de vignes plongeant sur une cascade, et les verres de vin — rosé pour toi, rouge pour moi — viendraient sans qu'on ait besoin de les commander. Tu me raconterais ta vie, et je te raconterais la mienne. Maman, je voudrais écrire un livre. Si tu en ressens le besoin, fais-le. Mais toi aussi tu as voulu écrire, non ? Oui, j'en rêvais, mais je n'en ai pas eu le temps. Le cancer m'a emportée. Et moi, si le cancer m'emporte ? Alors, dépêche-toi. Mais si j'écris un livre, m'en voudras-tu ? Oui, sans doute un peu, mais je ne suis pas une mère idéale, tu le sais. C'est quoi une mère idéale ? C'est une mère qui souhaite pour son enfant mieux que pour elle-même. Mais alors, maman, je suis une mère idéale ! Quelle blague, comment peux-tu dire une sottise pareille ? Je désire pour Fanny, ta petite-fille, ma fille, une vie qui soit bien meilleure que la mienne ! Je voulais être actrice, et j'ai échoué. Elle aime le théâtre, et je souhaite plus que tout qu'elle réussisse à devenir une grande comédienne ! En amour, je dois reconnaître que ça a été une catastrophe. Je voudrais que Fanny rencontre un homme qui l'aimera vraiment et avec lequel elle fera sa vie.

J'ai conscience de m'être laissée aller à l'exaltation, et je surprends sur le visage de ma mère le petit sourire que je redoutais lorsque j'étais enfant. Ma chérie, si tu crois un mot de ce que tu prétends, Fanny est bien mal barrée.

Maman, nous étions si bien sous la tonnelle, le vin était bon, nous en avons bu trois verres et nous nous rapprochions. Nos robes étaient magnifiques, et j'étais si heureuse que nous partagions ce plaisir d'être jolies dans nos robes. Nous étions des reines, face aux vignes, et je me sentais tellement mieux avec toi que je ne le suis maintenant, en train d'écouter ma cousine faire l'apologie d'une grande femme nommée Marine, et qu'elle envisage comme sa sauveuse. Je fais disparaître ma mère d'un claquement de doigts discret, pff.

Mes yeux se posent sur Oui-Oui. C'est peut-être le moment. Et Oui-Oui, qu'en penses-tu ? Oui-Oui ? Oui, Oui-Oui, là, derrière toi, regarde. J'ai toujours aimé Oui-Oui. J'ai lu tous les *Oui-Oui* quand j'étais petite, et je n'ai pas honte de te le dire : je regarde encore les dessins animés. Ah oui ? Oui, oui ! Éclats de rire, soupirs de soulagement, connivence. Merci Oui-Oui, merci vraiment, de nous avoir tirés de ce mauvais pas, d'avoir chassé Marine et de m'avoir rendu Martine, un peu drôle et maligne. Finalement, tu n'es peut-être pas si immonde que ça.

Martine a posé sa main sur mon bras. Tu sais quoi ? Non. Eh bien personne ne s'est jamais préoccupé de moi. Personne ne m'a jamais demandé mon avis. Tout le monde s'en fout, de ce que je pense. Et toi, tu débarques, et tu t'intéresses à moi. C'est la première fois que je dis tout ce que j'ai sur le cœur.

Arrivent les larmes, séchées par le Sopalin que Martine replie pour ne pas gaspiller et qu'elle repose sur la pile, s'ensuit un énième verre de vin blanc coupé à l'eau, viennent les larmes qui épongent la peine. Je suis déchirée, Martine me déchire, et elle est forte au point qu'elle me fait douter de qui je suis vraiment. Je n'ai ressenti cet effondrement devant personne d'autre. Ma cousine m'empoisonne, me guette et me surprend. Le même sang coule dans nos veines, le même poison, la même saloperie d'exister.

DEUXIÈME PARTIE

BIQUETTE

Rhinocéros

Il est huit heures du soir. Cela fait une heure que je bois. J'ai entamé un saint-joseph à dix-neuf heures précises (car je refuse de me livrer à la boisson plus tôt dans la journée), que j'avale par petites gorgées. Je fais durer, j'étire le temps de boire. Les trois quarts de la bouteille restent encore, et je retarde le moment d'ouvrir le cahier sur lequel j'ai pris les notes qui me serviront pour mon livre. J'ai abandonné le bloc-notes dont les pages arrachées se confondent et j'ai opté pour un cahier d'écolier Rhinocéros, tel est son nom. 48 pages recyclées, 17 × 22 cm, Seyès. Au dos se trouvent les tables de multiplication. C'est un objet qui a été fabriqué par « L'Arbre Aux Papiers », au Mans. On peut trouver le site de cette imprimerie sur Internet. Sur la couverture est dessiné un rhinocéros noir qui esquisse un sourire. J'errais dans les allées de Naturalia à la recherche de produits bio pour Fanny, me lamentant sur ma condition de chômeuse qui me faisait soudain considérer les yaourts au lait de brebis comme des produits de luxe, lorsque mes yeux sont tombés en arrêt sur ce cahier. Quelque chose en lui m'attirait, et je me suis mise à feuilleter les pages blanches à grands carreaux pour me donner le temps de la réflexion. Je n'ai pas hésité très longtemps. Ce serait mon cahier Martine. Et alors même que je m'étonne, tout en avalant une petite gorgée, de l'attraction que j'ai ressentie pour un cahier de rien, je comprends que le rhinocéros s'apparente au sanglier dans mon imaginaire animalier. Une bête qui fonce, qui poursuit, qui encorne. La bête féroce qui figure sur la couverture du cahier devient un défi. Et le demi-sourire du rhinocéros me nargue, me met à la torture. Ah, tu veux faire un livre ? Et tu as besoin des pauvres mots que tu as notés pendant que ta cousine s'est confiée à toi ? Allez, vas-y, ose entrer en moi !

Je me ressers un verre de vin. Et je n'ai pas besoin d'ouvrir Rhinocéros pour me souvenir très précisément de ce que m'a dit Martine une fois que Lucien a eu fermé la porte derrière lui.

Ma fille, quand elle était bébé, je la trimbalais partout. Je ne voulais pas la mettre en crèche pour pas qu'on me la pourrisse. Et puis, dans la journée, tous les clients du bar où je travaillais s'en occupaient. Un jour, j'ai eu drôlement peur. Je l'avais couchée par terre dans un coin, sur un coussin. Et puis, pendant une pause, je veux aller la voir, mais je ne la trouve nulle part ! Je me suis dit, on me l'a enlevée. Et je ne savais pas quoi faire. Je ne voulais pas y croire et je n'arrivais pas à appeler les flics. Je ne te dis pas la panique. « Y a quelque chose de mou sous mon pied ! », a dit un client. C'était elle. Elle avait dû ramper pour aller sous la table, et s'était endormie. La rigolade ! Ils étaient tous pliés, et moi avec. Et malgré tout ce ramdam, la môme, elle ne s'est pas réveillée ! Elle était encore sage, à cet âge-là. Les problèmes ont commencé quand elle a eu six ans. Je me souviens, je voulais acheter un martinet. Mais pour quoi faire, Martine ? Pour lui faire peur, pardi ! Les cris, elle s'en foutait complètement ! Son père s'est opposé à ce que j'en achète un. Résultat : elle avait encore gagné. Ah, çà, on peut dire qu'elle a tout fait pour nous éloigner ! On ne s'entendait déjà plus trop, mais son attitude n'a rien arrangé. Bon, j'avais une cravache, de l'époque où je montais un peu à cheval, ça faisait l'affaire. Mais tu frappais ta fille ? Non, je n'en avais pas le droit, son père me l'interdisait. Et pourtant, les coups, c'était pas l'envie qui me manquait. Cette môme a manqué de discipline, et on n'en serait pas là si elle avait appris à respecter sa mère. Tu te rends compte, elle m'a décrétée inapte à m'occuper de la p'tite Chiasse ! Tu m'en veux pas, hein ? C'est comme ça que j'appelle ma petite-fille, c'est affectueux. Et Biquette, elle te frappait ? J'ai reçu quelques torgnoles, mais je les avais méritées. Je n'étais pas tendre avec elle, et elle me le rendait bien. On ne s'est pas vues pendant plus de vingt ans mais, quand elle a été malade et qu'on s'est retrouvées, on s'est drôlement serrées dans les bras. Bon, je ne te dis pas qu'après c'était le paradis, non, on s'insultait comme dans le bon vieux temps mais, au moins, il y avait de l'amour, ça oui. Martine/larmes/Sopalin/pliage/pile augmentée. Je note que les larmes viennent lorsqu'elle évoque sa mère, mais que ses yeux restent secs quand elle parle de sa fille. La haine fait obstacle à la tristesse, et puis sa fille a le privilège d'être encore en vie. Les morts prennent l'avantage, c'est certain. Martine Junior a pris ses distances avec Martine, laquelle a fait pleurer sa p'tite Chiasse parce qu'un enfant n'est beau que lorsqu'il pleure, et c'est cette beauté-là qu'il faut saisir sur le vif. Les photos en noir et blanc d'enfants pleurant sont de véritables œuvres d'art. Y a des types qui en ont fait de belles, mais je ne me rappelle pas leurs noms. Doisneau ? Oui, Doisneau.

Ma fille, elle n'est pas feignante, elle est intelligente, et elle est faux cul ! C'est la conclusion joyeuse d'une conversation qui commençait à devenir franchement pénible. Je me réjouis pour Martine Junior qui a toutes les qualités requises pour s'en sortir dans la vie. J'espère, pour cet ancien bébé endormi entre les bas de pantalon et les chaussures crasseuses, un bel avenir.

Mais l'heure tourne et Martine ne voit pas d'un bon œil que l'on consacre trop de temps sur la vie de sa fille. On est là pour parler de ses blessures à elle, de l'horreur des jours où elle était encore mariée à ce fou qui la traitait comme personne n'ose traiter les bêtes. René, il m'a attachée par les deux mains au poteau de l'escalier. Et il m'a enfoncé un goulot où je pense. Je m'oblige à nommer : Tu veux dire, dans le vagin ? Oui, lâche Martine, exactement là. Mais c'est horrible ! Je m'entends dire « Mais c'est horrible ! » et, dans la nuit qui suivra la conversation, « Mais c'est horrible ! » me réveillera en sursaut. « Mais c'est horrible ! » Je reconnais cette voix, c'est la mienne, ce ton outré, cette phrase complètement ratée qui reste accrochée à mon palais, et j'ai beau déglutir, la chose ne se décolle pas. « Mais c'est horrible ! » Que l'on me libère de ces mots que j'ai prononcés en regardant Martine sans compassion, sans tendresse, sans amitié, sans sentiment. L'image de ma cousine menottée, la culotte baissée et une bouteille enfoncée dans le sexe ne trouve pas le chemin jusqu'à mon cerveau. La première qui atteint le Ponton du Large, 1, 2, 3, c'est parti ! Oui, là, je la vois, elle est vivante, elle est belle, elle nage, elle frime, elle gagne.

Martine, après avoir pleuré à l'évocation de la bouteille, passe déjà à autre chose, aux manèges à risques d'une fête foraine qui avait lieu chaque année dans les environs de Rambouillet. Je rêvais de monter là-dedans, de me planter la gueule dignement. Parce que, quelle classe d'être fracassée par la vitesse, en plein air, tout près des nuages et des oiseaux ! C'est quand même moins avilissant que d'être à terre et de demander pitié à un homme qui pue le vin. Le vertige, les sensations fortes, aller vite, encore plus vite, pour tout ça, oui, j'étais prête à crever. René, le jour où il t'a malmenée, il avait bu ? Évidemment ! Ça t'étonne ? Décidément, il faut répéter les choses avec toi ! Et elle rit. Les rires qui protègent mais ne sauvent de rien la secouent et sa carcasse remue sous les souvenirs. Et de rire moi aussi, pour effacer les traces de mon enquête journalistique, de mes soupirs exagérément appuyés, de la noirceur de mon âme que je ne devinais pas. On revient vers les manèges qui nous emmènent ailleurs, dans le ciel des Yvelines, les nuages, l'air glacé lorsque les carrioles fendent l'air en tournoyant de tous les côtés. Les tours de manège, ça coûtait un bras, et René il préférait qu'on garde le fric pour une Pelure d'Oignon. J'étais vraiment pas heureuse avec lui, conclut-elle en se mouchant.

Je regarde Rhinocéros. Son sourire me glace. Il semble m'inviter à ouvrir le cahier, à lire précisément ce qui a été dit par Martine, à écouter différemment, à prendre la mesure de mon entreprise. Mais le saint-joseph touche à sa fin et je n'ai pas écrit une seule ligne. Un peu exaltée, et sous l'emprise de l'alcool, j'imagine que le livre résiste à l'envie que j'ai de l'écrire, qu'il refuse de se laisser élaborer par des pensées impures, que jamais il ne verra le jour. Martine est à l'œuvre en moi.

Martine Junior

Depuis que Fanny a expérimenté l'affaire des dix-neuf diables, elle pense que j'ai un pouvoir. Nos rapports sont doux, nous rions beaucoup, et la vie est simple et belle quand nous sommes ensemble. Pourtant, cette matinée où nous avons décompté dix-neuf diables dans la rue Popincourt la perturbe. Elle pense que je suis capable d'inventer des événements qui, inéluctablement, se réaliseront. Je lui ai expliqué qu'en ce qui concernait les diables c'était un pur hasard, et que j'avais utilisé ce hasard pour imaginer que j'avais du pouvoir. Fanny comprend parfaitement ce que je lui dis. Mais elle joue à ne pas me croire, parce que avoir une mère sorcière pythie la réjouit et l'inquiète à la fois. Cela lui permet de se raconter ses histoires.

La Chiasse n'arrêtait pas de me mentir ! Elle prétendait qu'elle avait rangé sa chambre, et je la retrouvais installée comme une princesse au milieu de ses poupées qu'elle avait déshabillées pour leur donner le bain. Et tu sais comment elle donnait le bain à ses poupées ? En pissant dans leur baignoire en plastique ! Je lui avais interdit de prendre de l'eau dans la salle de bains. Alors, elle a trouvé le moyen d'arriver à ses fins sans me désobéir. Ce jour-là, j'ai pris les treize Barbie — treize, je lui en avais acheté, une fortune ! — et je les ai balancées par la fenêtre avec interdiction d'aller les récupérer.

La nuit que passa Martine Junior après que sa mère eut jeté toutes ses poupées par la fenêtre ne ressembla à aucune autre de son existence passée et à venir. Ses filles à elle étaient sur le trottoir, et qui sait ce qui allait leur arriver. Elles étaient nues, sans aucun Ken pour les défendre, dépossédées des vêtements qui leur donnaient l'allure et l'assurance, et leur propre mère ne pouvait rien tenter pour leur sauver la vie. Tout était de la faute du pipi. Elle aurait dû savoir qu'on ne lave pas ses enfants avec de la pisse. Mais leur donner un bain, les faire entrer une à une dans la baignoire avait été bien trop tentant pour qu'elle puisse renoncer à ce plaisir qu'éprouve une mère à prendre soin de ses enfants. Mes petites chéries, sanglotait Martine Junior, je suis responsable de votre mauvais sort. Elle se retournait dans son lit et ne trouvait pas le sommeil. Mais qui l'eût trouvé dans un moment pareil, que l'on ait six ans, vingt ans ou quarante ans ? Martine Junior fit une chose qu'elle ne s'était jamais permise : se relever après l'extinction des feux imposée par sa mère. Elle alluma le plafonnier puisqu'il n'y avait pas de lampe de chevet. Sa mère voyait tout de suite, prétendait-elle, que la lumière était allumée. Jamais la petite n'avait pris le risque de se faire surprendre et elle restait sagement dans l'obscurité, même lorsqu'elle n'avait pas sommeil. Les économies d'électricité lui avaient appris tôt à se contenter du noir comme berceuse. Mais ce jour-là, elle avait tâtonné pour trouver l'interrupteur. La lumière l'avait éblouie et terrifiée. Elle était restée immobile, s'attendant à l'irruption de sa mère en furie dans la chambre. Mais rien ne s'était produit. Sa mère n'avait pas surgi comme un diable hors de la boîte. Martine Junior en avait éprouvé une sorte de déception. Les promesses n'étaient pas tenues. Le sol était froid car, la nuit, on coupait le chauffage. Elle enfila ses petits chaussons et s'approcha de la porte. Elle l'ouvrit et se retrouva immédiatement en présence de son père et de sa mère dans le petit salon qui leur tenait lieu de chambre. Ses parents ne la virent pas apparaître sur le seuil. Ils étaient effondrés devant une émission de variétés. Ou, plus exactement, son père ronflait et sa mère fredonnait les paroles d'une chanson de Michel Sardou, lequel occupait tout l'écran.

— Maman ?

Elle n'avait pas osé élever la voix. Pas de réponse. Martine Junior s'est approchée de sa mère. Elle ne voulait pas la faire sursauter, elle voulait lui faire plaisir. Lui caresser les cheveux était une possibilité d'approche, une manière d'aborder les choses de manière douce. Elle le fit. Martine sursauta. Qu'est-ce que tu fous là? Je t'ai interdit de te relever une fois que les lumières sont éteintes. Oui, mais, maman, je n'arrive pas à dormir. Retourne dans ta chambre, et plus vite que ça! Maman, je te promets de ne jamais recommencer. Mais est-ce qu'on peut aller chercher mes poupées dans la rue? Martine regarda sa fille. Elle la regarda droit dans les yeux, malgré la Pelure d'Oignon, la vodka et les bières. Elle réussit à la voir telle qu'elle était : une teigne qui lui pourrissait la vie en pissant partout et en la séparant de son mari. Elle eut un haut-le-cœur, parce que quelque chose en elle aimait cette enfant idiote et futée, mais pas assez peut-être pour la prendre dans ses bras et la consoler. Martine hésita. Et cette hésitation la secoua comme si elle était sous l'effet d'un électrochoc. Elle se servit un verre de vin avant de réagir. Elle se remit à chantonner avec Michel Sardou *Elle court, elle court, la maladie d'amour.* Au moins, celui-là, elle l'aimait pour lui-même. Sa mère, c'était Charles, elle, c'était Michel. Lorsque mère et fille évoquaient leur chanteur préféré, elles ne se donnaient pas la peine de prononcer les noms de famille. Elles conviaient leurs idoles dans leur conversation comme on invite des amis à dîner.

— Maman!

Il se passa quelques secondes qui parurent longues à l'enfant, mais ce n'était rien à côté de ce qu'elles durèrent dans le cerveau de Martine. Ses yeux s'étaient fermés et elle cherchait une raison de se laisser attendrir par sa fille. Mais elle n'en trouva pas, et cela la mit en colère. Elle monta le son de la télé, ce qui fit grogner René, mais ne le réveilla pas.

Martine Junior aurait dû comprendre qu'elle devait retourner dans sa chambre sans demander son reste. Certes, il lui arrivait fréquemment de faire des bêtises, mais c'étaient des bêtises qu'elle n'avait pas voulues, qu'elle commettait contre son gré, par ignorance ou par rêverie. Or, dans la situation présente, elle désirait quelque chose. Et vouloir déclenchait en elle la force d'insister auprès de sa mère, ce qu'elle ne s'autorisait pas d'habitude. Plus elle pensait à ses filles nues sur le trottoir, plus l'issue d'une fin heureuse pour elles lui paraissait indispensable.

— Maman !

Martine se demanda un instant si elle ne rêvait pas. Cette voix qui l'appelait « maman » provenait-elle de la pièce ? Les applaudissements clapotaient dans le poste et Michel saluait en se courbant, quelle élégance, quelle classe. Elle se mit à applaudir elle aussi, les larmes aux yeux, parce que la chanson qu'elle venait d'entendre était l'une des plus belles qui existent, mais elle pleurait aussi de rage, parce qu'elle aurait aimé être dans la salle, se mêler aux autres, partager ce bonheur d'aduler l'homme qui avait le pouvoir de l'émouvoir aussi profondément. *La maladie d'amour.* Le titre était bien trouvé. Souffrir d'aimer et de ne pas être aimé.

Michel Sardou racontait son histoire à elle, à quelques détails près, devait-elle bien reconnaître.

— Maman !

Maman, maman, maman ! La répétition produit son effet. Martine fit volte-face et vit sa fille, debout derrière elle, la figure déformée par la demande, les yeux grands ouverts et le regard droit, posé sur elle, déterminé. Qu'est-ce que tu fous encore là ? l'interrogea-t-elle d'une voix pâteuse. La cravache n'est pas loin pour les mal élevées de ton espèce. Maman, supplia Martine Junior, est-ce que je peux aller chercher mes poupées dans la rue ? Je t'en supplie, maman, je ne recommencerai jamais, je te promets. Je ne ferai plus jamais pipi dans la baignoire. Je les habillerai, je les rangerai, je rangerai toujours ma chambre, je ne t'embêterai plus, je serai gentille, et puis, si tu veux, je t'aimerai plus que papa. Mais, s'il te plaît, est-ce que je peux ? Je peux y aller ? S'il te plaît, maman, est-ce que je peux aller chercher mes poupées dans la rue ? Réponds, maman, je peux y aller ?

Martine s'est levée du canapé. Elle a foncé sur sa fille et lui a donné une gifle, celle dont on dit qu'elle fait tourner la tête à 360 degrés. Michel Sardou, les applaudissements, rien n'avait réveillé le père. Mais le bruit de la gifle, si forte, le fit sursauter. Il vit sa fille pleurer et, en voyant sa joue, comprit ce qui venait d'arriver. Saoul comme une barrique, il s'extirpa avec difficulté du canapé mais, une fois debout, il se précipita sur Martine et la frappa si violemment que celle-ci s'affala sur le sol. Il lui donna des coups de pied alors qu'elle était à terre et qu'elle demandait pardon. Martine Junior regardait la scène, mais elle imaginait que ces parents-là n'étaient pas ses vrais parents, ce qui la protégeait en partie de l'effondrement. En revanche, elle était la vraie mère des filles qui gisaient par terre sous leurs fenêtres. Alors elle laissa faux papa frapper fausse maman et sortit. Ce qu'elle vit lorsqu'elle fut sur le trottoir la laissa sans voix. Plus personne n'était là. Les Barbie avaient été ramassées, toutes. On lui avait volé ses filles. Martine Junior ne pleura pas. Elle restait sur le trottoir dans le froid et espérait que Dieu puisse assister à sa souffrance. Lorsqu'elle fut convaincue d'être la mère la plus malheureuse du monde (perdre treize filles d'un seul coup, ce n'était pas rien), elle put enfin regagner l'appartement. À côté de sa douleur à elle, celle de sa mère n'existait plus. Et elle eut beau la voir gémir, l'entendre jurer qu'elle porterait plainte contre son tyran de mari, regarder le sang s'échapper de sa bouche et observer l'un de ses yeux en mauvais état, cela ne l'empêcha pas d'entrer dans sa chambre, de se glisser entre les draps, et de s'endormir. Elle n'aimait plus sa mère et, bien qu'elle fût trop jeune pour appréhender ce bouleversement, elle se sentait libre, et envahie d'une force ignorée jusqu'ici.

Fanny n'aura pas la force des enfants qui ne sont pas aimés. Marianne, t'es une pourriture, comment oses-tu dire ça ! Nous comptons ensemble les diables qui jalonnent la rue Popincourt lorsque nous nous rendons au Centre des arts vivants où tant d'activités sont proposées aux enfants. Nous appréhendons, tous les mardis soir, l'heure de pointe dans le métro lorsque je l'emmène au cours de théâtre. Sale bourge ! Je la protège de mes bras et suis prête à me battre contre ceux qui poussent encore pour entrer dans le wagon alors qu'il n'y a plus de place. Une enfant est là, dis-je, ne l'écrasez pas. Pour qui te prends-tu ? Je l'attends une heure et quart dans un café, à lire, ou à discuter avec une amie qui me rejoint pendant ce temps vacant. Espèce de garce, tu ne l'emporteras pas au paradis. Je serre Fanny dans mes bras, pour éloigner les mots de Martine. Mais Martine est là, derrière moi, et il est trop tard maintenant pour la chasser.

Maurice

Maurice Bourguignon était plutôt un brave type, comme on dit. Il s'était entiché de ma tante parce qu'elle avait une classe folle. Le soir où il l'avait vue pour la première fois, elle était juchée sur un tabouret haut, et elle levait son verre à la santé des fous. Et tous ceux qui désiraient trinquer avec elle se prétendaient fous pour lui plaire. Les alcooliques du lieu mettaient un point d'honneur à entrechoquer leur chope de bière avec la sienne. Aux fous, aux fous ! criait-elle, et elle avalait son verre cul sec, le tapait sur le comptoir et en demandait un autre. La tristesse flottait dans son regard, mais aussi la gaieté, et les deux états se transportaient d'un œil à l'autre. Maurice avait perdu sa femme et son chien le même jour. Ça avait été un coup. L'énorme berger allemand avait attaqué sa maîtresse et provoqué un tel carnage qu'il fut décidé que l'animal tueur devait être piqué. Maurice l'aurait bien gardé, car un chien est un chien, et que savent les chiens du bien et du mal ? Mais la police, soupçonneuse de nature

— ne serait-ce pas lui, le mari, qui avait dirigé les opérations ? —, ne le consulta pas et emmena le chien. Maurice vit partir son chien muselé et tiré avec brusquerie par une laisse, lui qui n'en avait jamais eu. L'animal regarda son maître une dernière fois avant d'être embarqué dans le panier à salade. Et ce regard, Maurice s'en souvenait encore. C'était un sentimental. Et c'est parce qu'il était sentimental qu'il tomba fou amoureux de Bernadette. Cette femme était son destin, il le savait, il le sentait, et il s'approcha d'elle, la démarche imparfaite parce qu'il avait bu, mais c'est aussi parce qu'il avait bu qu'il eut le courage de l'approcher. Il cogna sa chope contre la chope de Biquette de façon brusque, pour la faire sursauter, pour qu'elle le regarde. Et elle le vit. Du haut de son tabouret, elle scruta cet homme, un peu bossu, « cabossé » pensa-t-elle, mais son regard franc lui plut. Elle partit d'un éclat de rire et lui demanda s'il était fou. Il répondit oui, pour ne pas la contrarier, même s'il se trouvait tout sauf dingue. Alors, paye-moi un autre verre ! Ma tante avait senti le type venir. Elle ne doutait pas un instant du charme qu'elle exerçait sur les hommes, et elle se dit que celui-là n'était pas pire qu'un autre. Elle voulait refaire sa vie, et ça tombait bien. Maurice paya, et paya encore, jusqu'à ce qu'ils ressortent ivres morts du Bar des Amis, qu'ils décident d'aller chez elle. Elle habitait à deux pas, et les mômes dormaient. Ils s'en payèrent une bonne tranche, et Biquette laissa Maurice finir la nuit dans son lit. C'était un signe. Aucun des deux ne fut étonné de voir l'autre se servir un whisky au réveil, pour se remettre un peu de la cuite de la veille. Le café qui suivit fut un délice. Ils étaient faits l'un pour l'autre. Le whisky aida Biquette à faire des confidences, qu'elle n'aurait pas été en état de faire la veille. Mais maintenant, elle se sentait d'attaque. Elle n'avait pas eu une vie facile. Elle passait les détails, mais ce qu'il fallait qu'il sache, et puisque ça lui viendrait aux oreilles un jour ou l'autre elle devait le lui dire, c'est que les quatre hommes qu'elle avait aimés depuis son divorce étaient morts. Maurice faillit s'étrangler. Ils sont morts de quoi ? De mort naturelle, pardi ! Et ce fut elle qui s'étrangla de rire. Maurice la regardait, de plus en plus fasciné. Cette femme était exactement la femme dont il rêvait : un sacré caractère et un humour infernal. Bon, maintenant que tu sais, tu restes ? Tu veux bien de moi ? Et comment ! Ils se tapèrent la main comme pour conclure une bonne affaire (et Maurice n'osait croire qu'il venait de croiser l'amour une seconde fois, de façon si brutale, si forte, si rapide). Il vit une jolie jeune fille descendre l'escalier en se frottant les yeux. C'était Martine. Elle marqua un temps d'arrêt avant de se diriger vers la cafetière. C'est qui celui-là ? demanda-t-elle en désignant Maurice du menton, avec une lassitude qui pressentait la réponse. C'est ton nouveau papa ! annonça Biquette déjà saoule, parce qu'elle s'était resservi un verre de whisky après avoir bu son café. Martine regarda son nouveau père en faisant des pronostics dans sa tête : celui-là, je lui donne à peine un an. Elle se trompait. Maurice tint plus longtemps. Vingt-deux mois précisément.

Un matin, vers six heures, deux policiers vinrent frapper à la porte de la maison. C'était une bâtisse aux murs jaunes entourée d'un petit bout de terrain en friche, lui-même encerclé par une clôture qui peinait par endroits, et qui avait même été arrachée par Biquette un soir de grande décision : il fallait qu'on puisse avoir un accès direct à la forêt. Biquette aimait les forêts. Et, plutôt que de faire le tour par la route, elle se glissait d'un jardin à l'autre, plantant ses cinq enfants au moment du dîner, ayant pris soin de confier la marmaille à la plus grande qui, du haut de ses seize ans, serrait les dents pour ne pas contrarier sa mère. Biquette, dans les forêts, se sentait propre. Elle avait le sentiment que son foie se régénérait, que sa gorge se purifiait et que ses poumons se décrassaient. Même son cerveau retrouvait l'oxygène nécessaire pour penser, rassembler ses idées, faire le point sur sa vie qu'elle trouvait ratée quoique diablement rigolote. Elle connaissait par cœur les sentiers qui jouxtaient sa maison et ne s'aventurait pas au-delà, consciente du risque qu'il y avait de se perdre lorsque le jour tombait. Elle aimait ne pas y voir clair et avançait prudemment en faisant attention de ne pas se prendre les pieds dans les racines. Elle savait qu'à droite, après le gros arbre, il y avait une souche. Et c'est sur cette souche qu'elle avait élu domicile. Elle s'y laissait tomber lourdement, comme on le fait dans un fauteuil qu'on affectionne parce qu'on s'y sent bien. Là, elle sortait de la poche de sa veste une petite bouteille d'Évian remplie de pastis. C'était son moment à elle, « son apéritif intime », qu'elle ne partageait avec personne, et boire en pleine forêt quand tous les crétins étaient à table lui procurait une joie que rien ne pouvait abîmer. Ni la peur quand une bête faisait frissonner les buissons, ni la culpabilité de savoir sa grande se faire maltraiter par les chiards, ni la menace permanente qui la guettait, sourde et diffuse, de perdre la garde de ses enfants, de perdre son travail, de perdre la tête. Perdre ses hommes, elle connaissait. Elle en avait pris l'habitude : son mari l'avait quittée, Simon avait fini sa vie la tête coincée dans un étau qu'il avait lui-même manœuvré au cours d'une crise de delirium tremens, le frère de Simon, Charlie, avait été bouffé par les sangliers (elle se souvenait des parties du corps dispersées dans les sacs en plastique transparent de la maréchaussée), Bobby, à force de boire les ruisseaux, avait succombé à une diphtérie galopante, Médor (elle ne se rappelait plus son prénom tant elle l'avait surnommé ainsi) avait rendu l'âme contre un tronc d'arbre en perdant le contrôle de sa Mobylette. Mon Dieu, ce que les hommes étaient cons. Mais sur sa souche, Biquette ne pensait plus à rien. Elle respirait la forêt et s'en sentait proche, familière, amie. C'est ici que je finirai ma vie, se disait-elle. Et cette décision la réconfortait, lui donnait la force de continuer, de se lever, de retourner dans sa maison, d'y découvrir le joyeux bordel qu'avait occasionné son absence et de distribuer des claques en veux-tu en voilà aux petites joues qui se trouvaient dans la trajectoire de sa main.

Du temps avait passé avant qu'elle ne s'attache de nouveau à un homme. Médor, ça avait été le pompon. C'était sa fille Martine qui lui avait trouvé ce surnom. Futée, la gamine. Elle avait compris avant la mère que cet homme était un chien. Il se frottait à elle comme l'aurait fait un chien, il obéissait au doigt et à l'œil de peur de se prendre un coup, et quelle joie ça avait été de frapper un homme, d'inverser le cours des choses, de renverser la vapeur ! Il était tellement peureux qu'il n'osait pas aller fermer la barrière lorsque le soir commençait à poindre. Biquette en avait pris son parti ; il serait un chien pour de bon. Elle avait installé une gamelle dans laquelle elle versait le vin et, lorsqu'il avait soif, Médor se mettait à quatre pattes et lapait l'alcool. C'est dire qu'il était souvent à quatre pattes. Sa mort fut un soulagement, et l'enterrement se déroula sans pleurs.

Et puis, Maurice. Tu parles d'un brave type ! C'était un pervers, un répugnant bonhomme qui ne pensait qu'à une chose : se taper Martine dès qu'elle avait le dos tourné. C'est sa fille qui l'avait alertée, mais même, ça se voyait. Non content d'avoir la mère, il voulait la petite. La pauvre chérie était obligée de se barricader la nuit, de peur de le voir rappliquer et la forcer à des choses sexuelles complètement tordues. Ma petite fille, mon amour, pardonne-moi, je ne savais pas et, même si au fond je savais, je ne pouvais rien faire. Boire, tu sais, c'est un plaisir, et une plaie à la fois. Mais tu le sais, hein, dis-moi, tu le sais ? Tu bois, n'est-ce pas ? Tu bois toujours ? Alors, tu sais bien que, parfois, la vie déglinguée se déroule sous nos yeux, et on rit au lieu de hurler, on pleure au lieu de réagir. Tu n'as pas renoncé à ce poison, hein, dis-moi, tu bois encore ? demande Biquette depuis l'au-delà. Ne t'inquiète pas, soufflé-je à l'oreille de ma tante : Martine boit encore, elle ne t'a pas trahie. Toi, la petite merdeuse, je ne t'ai rien demandé, me répond-elle.

La police, donc, fit irruption à six heures du matin dans la demeure de Biquette. Lorsque Biquette ouvrit, les policiers furent saisis par l'odeur de vieil alcool qui émanait d'elle. Elle les fit entrer et leur proposa un café qu'ils refusèrent. Ils allèrent droit au but, pressés d'en finir. Maurice Bourguignon, vous connaissez ? Pour mon malheur, oui, je connais ce salopard ! répondit Biquette avec son franc-parler. Le conducteur d'une camionnette nous a avertis : Maurice Bourguignon s'est jeté sous les roues du véhicule, et l'automobiliste n'a rien pu faire pour éviter la collision. Il fallut un petit temps pour que les informations, énoncées comme telles, parviennent au cerveau embrumé de Biquette. Vous êtes en train de me dire qu'il est mort? Parfaitement, madame, Maurice Bourguignon a succombé à ses blessures à l'hôpital de Fontainebleau. Ça alors! Et Biquette partit dans un éclat de rire. Puis elle se mit à pleurer. Les policiers furent rassurés; enfin une réaction normale. Mais Biquette ne pleurait pas la mort de Maurice le pervers. Elle était malheureuse comme les pierres de ne pouvoir annoncer la bonne nouvelle à Martine qui, voyant que sa mère était incapable de la protéger, avait fui la maison avec son René, un petit salaud de la pire espèce qui avait profité de la situation pour lui ravir sa fille.

Maurice était mort! Il fallait fêter ça. Elle avait encore Jacques sous la main, les deux aînés s'étant eux aussi précipités vers la sortie depuis l'accident de Médor. Ils étaient partis s'installer chez leur père, sous le prétexte d'une peur diffuse qu'ils ne pouvaient pas nommer et, lorsqu'ils en avaient parlé à leur mère, celle-ci était entrée dans une telle fureur que les chaises avaient valsé et qu'une vitre s'était brisée. Pour la convaincre, ils lui avaient expliqué qu'ils préféraient aller vivre chez le père plutôt que de devoir alerter les services sociaux. Cette menace avait produit son effet : elle les avait laissés filer, mais elle les avait mis en garde contre toute velléité de lui rendre visite avant qu'elle ne se soit calmée. Ils avaient quitté la maison en pleurant, car c'était leur maison, leur mère, leurs frères et leur sœur qu'ils avaient le sentiment d'abandonner. C'est avec Jacques, donc, une fois le petit dernier couché, que Biquette allait célébrer la fin atroce du monstre pervers. Et la beuverie de ce soir-là fut ancrée dans leur mémoire jusqu'à ce qu'ils disparaissent à leur tour.

La question de l'alcool

Lorsque Martine évoque les morts, elle semble revenir d'un rêve lointain qui ne serait pas vraiment un cauchemar mais plutôt le souvenir d'une époque où il se passait des choses, où les événements se succédaient sans qu'il y ait besoin de lever le petit doigt, où la vie battait son plein, quitte à frapper durement parfois, mais en s'engouffrant sous la peau, dans les muscles, le long du gosier. Maintenant, Martine boit sagement. Fini le Ricard à cinq heures du matin. Elle commence sa limonade artisanale à huit heures et demie seulement, et après le café, s'il vous plaît ! À la question concernant les quantités, Martine répond Un litre pas plus, et mélangé à de l'eau encore. Trois fois rien en vérité. La vie lui fout la paix et, pourvu qu'elle prenne un demi-Lexomil le matin, le midi et le soir, elle arrive à peu près à faire ses journées. C'est quoi, « faire » ses journées ? C'est aller du matin au soir sans pleurer, sans paniquer, sans penser. Une petite existence pépère devant la télé, sans personne pour vous demander des comptes. Quoiqu'ils se foutent de plus en plus de notre gueule, à la télé, s'énerve-t-elle soudain. Des bonnes émissions de variétés, il y en a de moins en moins, et moi, leurs séries américaines à la con, ça ne m'intéresse pas. J'aime bien *Commissaire Moulin*, ou *Une femme d'honneur*. Au moins, c'est français, et on comprend de quoi que ça cause.

Non, le problème, c'est Lucien. À deux dans quinze mètres carrés, la vie est infernale. Parfois, je ne veux plus le voir, je voudrais qu'il disparaisse. Mais c'est moi qui me sauve. Je me réfugie dans le lit, c'est le seul endroit où je trouve refuge. Je mets du coton dans les oreilles, parce que les boules Quies, ça coûte un œil. Quand Lucien m'énerve, je ne mange plus, je ne bois plus. Ça fait une grosse boule dans la gorge, et la seule solution, c'est d'aller vomir. Les nerfs me prennent. J'avale des antidouleurs, des aspirines, tout ce que je trouve. Je me recroqueville, et j'attends. Parfois, ça dure deux jours. Je ne parle pas, je ne mange pas, je ne bois rien, pas une goutte. Je ne comprends pas, lui dis-je, tu n'as pas tendance à boire plus quand tu as un problème, que tu es énervée, que tu ne vas pas bien ? Mais moi, je ne vais jamais bien ! C'est quoi ces conneries ? Tu crois que je suis du genre à me lever le matin et à me dire « Tiens, je vais bien aujourd'hui ! » ? Heureusement, Martine se ressert un verre, preuve qu'elle n'est pas au fond du gouffre. Je tente une explication : Il me semblait, lui dis-je, que l'alcool pouvait être une béquille quand on souffrait. Ma phrase tombe dans le vide, et je me rends compte qu'elle ne fait pas sens. Martine me regarde et hoche la tête comme si elle avait affaire à une débile profonde. Eh bien, finit-elle par dire, moi, c'est tout l'inverse. Quand je suis mal, je ne bois pas ! C'est comme ça, et je n'y peux rien. Tu le diras dans ton livre que t'écris sur moi : « Ma cousine, quand elle est contrariée, eh bien elle ne boit pas une goutte d'alcool ! » Vas-y, prends des notes ! Son agressivité me déstabilise et je n'écris pas un mot sur le cahier. Mais j'insiste, parce que je veux essayer de comprendre. Pourquoi est-ce que tu bois ? Mais je ne bois pas, me répond-elle simplement, sans se moquer de moi. Je ne suis jamais bourrée, je ne prends pas d'alcools forts, je fais le maximum pour éliminer les Gamma GT en mélangeant le vin à l'eau et je n'éprouve aucun plaisir. Tu appelles ça boire, toi ? Je n'ai pas la grandeur de ma mère. Elle, elle ne faisait pas les choses à moitié : non seulement elle buvait, mais elle exigeait qu'on se saoule avec elle ! C'était bien la peine d'avoir supplié mon père pour qu'il construise la maison sur un terrain à Barbizon ! C'était Barbizon ou rien. Elle voulait vivre près des forêts, mais dans un endroit classe. Mon père a cédé. Il pensait bien que sa femme avait des goûts de luxe, mais il était amoureux. Il l'a construite, la baraque, mais alors fallait voir : elle avait tout sauf une gueule de bicoque de Barbizon ! Et, dans la maison de cette ville si chic vivait une femme qu'était pas chic du tout ! Grande dame, oui, mais détruite du matin au soir ! Elle devenait laide, à force, couperosée de partout et les yeux vitreux. Même ses cheveux étaient attaqués. Mais elle ne s'en rendait pas compte. Et c'est peut-être pour ça que les hommes continuaient à tomber comme des mouches : elle avait un truc, ma mère, qui méprisait tellement les conventions qu'elle réussissait à se faire passer pour une princesse alors qu'elle avait l'allure d'une pocharde.

Martine marque une pause. Une larme coule sur sa joue, Sopalin, etc. Je reste silencieuse, évite de lui rappeler que nous tentions de parler d'elle, et non de sa mère. Puis, quelque chose de joyeux passe dans ses yeux. Dans la maison, il y avait une grande table en bois. Au bout de la table, il y avait la télé. Et le long de la table, il y avait des litres de Valstar. Je revois tout le décor, et je revois ma mère trônant en face de la télé. Sur le côté gauche, nous, les enfants, mangions ou buvions en nous tassant les uns contre les autres. Du côté droit, l'homme du moment s'étalait le long de l'autre pan de table. Du côté gauche, nous, les enfants, nous avons fui les uns après les autres. Du côté droit, les alcooliques se succédaient. Mais ma mère est toujours restée scotchée à la même place. Le coussin de la chaise était troué à force de supporter son cul toute la journée tous les jours de la semaine. Je me souviens du motif, c'étaient des nounours qui jouaient avec une balle. Quand elle a fini par vendre la maison parce qu'elle n'avait plus de pognon, elle a balancé le seul objet dont elle était si proche. À cette époque, j'avais coupé les ponts, mais quand j'ai voulu récupérer le coussin, il avait disparu ! Enfin, je n'ai pas à me plaindre ; j'ai hérité d'une machine à laver presque neuve et d'un frigo en bon état. Je suis passée la première, et j'ai tout raflé. Mais je trouvais que j'en avais le droit. J'étais la seule à l'avoir accompagnée nuit et jour jusqu'à la mort. Les autres, ils avaient leur vie, je ne leur en veux pas. Mais ma vie à moi, c'était ma mère. Et la fâcherie qui a duré vingt ans entre nous n'a rien changé à ça. Quand je n'ai plus le goût de l'alcool dans la bouche, j'ai l'impression que je la perds de vue. C'est pour ça que, lorsque Lucien me rend folle de rage, je cesse de boire. Je ne veux pas que ma mère me voie souffrir. J'entre dans un gouffre noir où il n'y a plus le regard de personne sur moi. Je crève de faim, je crève de soif, je crève tout court. Dans ces cas-là, le lit, les médocs, les larmes, les vomissements, et il m'arrive de ne pas me lever pour aller pisser. Ça oblige Lucien à dormir par terre, et il peut me battre, je ne sens rien. Ma seule envie est d'être seule, loin de tout, et loin de moi, et l'arrêt de l'alcool peut me procurer cette sensation. Quand je ne bois pas, je me condamne à ce qu'il y a de pire parmi tout ce que j'ai vécu : me dégoûter moi-même.

Je ne peux plus faire un mouvement, prononcer une parole. Mes yeux restent secs, mais une violente secousse m'oblige à porter les mains à mon ventre. J'ai envie de prendre Martine dans mes bras, mais quelque chose m'en empêche. Je crains mes gestes comme autant de poisons qui pourriraient la situation en la soulignant, en la répertoriant comme dramatique, insoutenable, abominable, et que sais-je encore. Mes mots sont éloignés de sa réalité qu'il est inconvenant même de songer à les accoler à sa douleur. Nous sommes maintenant réunies dans un silence qui me poisse, qui me rend responsable de lui avoir posé la question de l'alcool. Nous avions la même grand-mère, me dis-je. Puis, décidée à ne pas rompre ce temps vacant autour de nous, je me mets à penser à Fanny. C'est l'arrière-petite-fille de Pépée, et le sang de la sorcière coule aussi dans ses veines. Me surprend-elle en train de lever mon verre de vin rouge très souvent depuis que j'ai revu ma cousine ? Je ne le crois pas. Je suis discrète, je me cache, et j'évite de laisser le cadavre traîner sur la paillasse de la cuisine. Je me brosse les dents avant d'aller l'embrasser quand elle dort, parce que je sais que le sommeil capte les odeurs. Jamais elle ne m'a vue ivre, je bois lentement, me lève pour aller me servir un verre, mais jamais ne pose la bouteille sur mon bureau, je calcule, surveille le niveau, et remercie chaque jour Pôle Emploi de me verser des indemnités suffisantes pour que je puisse encore me procurer du bordeaux de qualité. Entre les fringues, les déjeuners avec les amis, les spectacles et le vin, puisqu'il me faut maintenant choisir, je choisis le vin. Ma cousine prétend qu'elle ne boit pas. J'affirme que je bois. Ma cousine prétend qu'elle ne boit qu'un litre par jour. J'affirme que j'en bois facilement un demi. Je suis donc à moitié alcoolique. Mais quelque chose dans ces calculs ne tient pas debout. Et je n'arrive pas à mettre le doigt dessus. J'y reviendrai plus tard, parce que Lucien entre dans la pièce. Nos sourires à l'une et à l'autre sont ouverts et reconnaissants. Lucien nous délivre du malaise qui s'était emparé de nous et qui nous éloignait chaque seconde davantage. Il fait une blague sur l'éternelle nécessité qu'ont les bonnes femmes à parler entre elles, il est heureux de rentrer, parce qu'à tourner en rond comme ça dans le quartier, il commençait à se geler les couilles, pour rester poli, ajoute-t-il en pressant sa main sur mon épaule.

On va attaquer le poulet. Lucien monte le son de Radio Nostalgie, et bien lui en prend ; ils passent *Let's All Chant*, un vieux tube de la fin des années 70 de Michael Zager Band. Je me lève, et commence à me trémousser en les encourageant à danser eux aussi. T'es la vie, toi ! me lance Lucien. Et la musique m'emporte, m'empêche de penser à ces mots qui pourraient me broyer, je continue à danser mais, comme ils restent hésitants et finalement inactifs, je me sens stupide et cours me réfugier aux toilettes salle d'eau salle de danse. J'augmente le volume pour qu'ils ne m'entendent pas chanter de l'autre côté de la porte, et je me déchaîne. Bien mieux que *Le cœur grenadine* de Laurent Voulzy, de la vraie disco, des vrais souvenirs, une musique qui me soulève pour m'emmener ailleurs. *Ooh ooh ! let's all chant, ooh ooh ! let's all chant. Your body, my body, everybody move your body, your body, my body, everybody work your body...* Je voudrais que ça dure longtemps. Le miroir est placé de telle sorte que je ne vois de mon corps que les parties qui bougent, mon buste et mes hanches. Je me déchaîne, m'amuse, éprouve un plaisir immense à danser sur cette chanson que je me mets à aimer de plus en plus au fur et à mesure qu'elle progresse, me sens un peu coupable de passer tant de temps enfermée à m'éclater toute seule, à rire en chantant, à me sentir légère, heureuse, vivante, à des millions de kilomètres de Rambouillet, de ma cousine, de ma tante, de ma mère, de Pépée, de toutes ces femmes qui m'alourdissent et pèsent sur moi de tout leur poids. Je croyais en avoir fini avec elles, et non, ça continue, le destin me tend Martine en pâture et je m'en saisis, je prends, je malaxe, je triture, je mets du sel sur les plaies. *Your body, my body, everybody work your body.* Quand je sors enfin de la salle d'eau, j'ai l'impression d'émerger d'une boîte de nuit, je suis en nage et j'ai faim. Le poulet est dans le four à micro-ondes, l'assaisonnement de la mâche est en préparation, le déjeuner s'organise. Alors, dites-moi tout. Pour qui allez-vous voter aux présidentielles ?

L'enterrement de Maurice

Les parents de Maurice s'appelaient tous les deux Dominique. S'étaient-ils plu pour cette raison ? Peu importe. Toujours est-il que la ressemblance entre l'épouse et le mari était frappante. Même taille, même bouche tombante, même ride creuse perpendiculaire aux commissures des lèvres. Dans les soixante-dix ans, habillés d'un jean et d'une veste de chasseur à grands carreaux, chaussés de bottes de pluie. La pluie menaçait, oui, et c'était un fichu jour que celui-ci où ils devaient enterrer leur Maurice, un garçon qui avait sombré dans l'alcool après la mort de sa pauvre femme et qui avait coupé les ponts avec tout le monde, y compris avec eux. Ils avaient tout ignoré de son existence au cours de ces dernières années, et ils furent tristes de constater que Maurice avait si peu d'amis. À l'entrée de la chambre funéraire, seuls deux hommes et une femme, qu'ils ne connaissaient pas, attendaient la permission d'entrer pour dire au revoir au défunt. Les Dominique n'osèrent pas s'approcher d'eux pour s'enquérir du rapport qu'ils avaient entretenu avec leur fils. Ils avaient d'ailleurs décidé de ne pas avertir les rares membres de leur famille pour ne pas faire événement (car moins on parlerait d'eux, mieux cela vaudrait), et aussi parce qu'ils étaient assez de deux pour se soutenir mutuellement.

Un bruit les sortit d'une torpeur à laquelle ils auraient été incapables d'associer un nom. La peine, bien sûr, mais pire que ça : l'impression qu'on leur avait volé quelque chose, et ils refusaient de penser que c'était leur propre fils le voleur. Ce bruit provenait du couloir : des éclats de voix, des affrontements, des gros mots aussi. Les Dominique se regardèrent avec étonnement car, même s'ils n'imaginaient pas un instant que cette agitation les concernerait dans quelques secondes, ils se demandaient comment l'on pouvait se démener autant dans un endroit pareil. Ils ne tardèrent pas à savoir. Une femme apparut sur le seuil de la chambre funéraire et voulut y pénétrer alors même que les agents des pompes funèbres n'avaient pas donné leur autorisation. Ceux-ci durent utiliser leurs muscles pour la repousser, mais ils y parvinrent tant bien que mal, et ils furent obligés de verrouiller la porte. La femme se mit à hurler que l'ordure qui était dans le cercueil ne méritait pas de partir sous terre en costard. Qu'on le foute à poil ! criait-elle. Je veux que ce salopard-là soit enterré tout nu !

Les Dominique, effrayés, s'étaient instinctivement rapprochés des deux hommes et de la femme. Qui est-elle ? finit par demander le mari en les regardant alternativement avec effroi. L'un des deux hommes répondit : C'était sa dernière femme. La mère se mit à pleurer, le père serra les poings. L'homme ajouta : Elle n'est pas si mauvaise qu'elle en a l'air. Vous la connaissez? l'interrogea la mère d'une voix suraiguë. Un peu, mais très mal. Maurice et elle s'étaient coupés du monde.

Ma tante est ivre morte. Tantôt elle est sur le point de tomber, tantôt elle est prise d'assaut par elle-même et sa colère la propulse contre la porte qui refuse de s'ouvrir. Je veux que ce type meure les couilles à l'air ! s'égosille-t-elle maintenant et, comme seul un silence terrifié répond à ses appels, elle se retourne vers les vivants, s'aperçoit qu'elle n'est pas seule, et elle fonce comme un taureau vers les Dominique, les cheveux dans tous les sens et la bouche déformée par la haine. C'est vous qui avez fabriqué cette vermine ? Taisez-vous, lâche M. Bourguignon entre les dents. Et pourquoi je me tairais ? Votre fils, c'était un poivrot, un voleur et un pervers. Il a essayé de violer ma fille ! Mme Bourguignon s'interpose entre Biquette et son mari, car elle craint que celui-ci ne la frappe, ce qui n'arrangerait pas les choses, Essayons de calmer le jeu, se dit-elle malgré l'horreur que lui inspirent les propos de la folle. Les trois amis se sont éloignés dans le couloir. Apparemment, ils cherchent quelqu'un qui pourrait intervenir. Lorsqu'ils trouvent l'employé qui gère l'accueil des visiteurs, ils lui expliquent la situation extravagante qui est en train de se jouer à deux pas d'ici. « La police est prévenue, elle arrive », leur annonce l'employé. Soulagés, les trois amis repartent vers la chambre funéraire, toujours fermée, et de nouveau frappée à coups de tête maintenant par ma tante qui continue à hurler que le mort doit être enterré tout nu. Les Dominique pleurent dans les bras l'un de l'autre, et c'est peut-être le plus grand service que leur a rendu ma tante : ils peuvent enfin pleurer la disparition de leur enfant chéri.

Ma tante, sœur de ma mère, fille de ma grand-mère Pépée et de ce grand-père qu'adorait ma mère, mort d'une crise cardiaque à quarante ans. Ma tante, donc, très proche de moi puisque je suis sa nièce, et que je découvre éructant devant une chambre funéraire, dans un tel désespoir que je voudrais la prendre dans mes bras. Morte depuis dix ans, enterrée au cimetière de Noisy-sur-École, un pied de nez du hasard : ma tante était institutrice en école maternelle jusqu'au moment où elle ne put plus enseigner, et où elle se consacra au pastis, à la bière et au vin. Comment ma tante a-t-elle pu dire qu'elle mourrait par où elle avait péché ? Comment peut-on dire ça ? Quelle sorte d'éducation avait-elle reçue pour que des paroles aussi absurdes lui traversent l'esprit ? Ma mère, cancer de l'ovaire, avait-elle pensé un jour qu'elle mourait d'avoir enfanté ? Elles avaient les mêmes parents, les mêmes références, la même éducation. Qu'est-ce qui fait que l'une sombra et l'autre pas ? Mais qu'est-ce que c'est, sombrer ? Puis-je dire avec tant d'assurance que ma mère n'a pas sombré ? Non, je ne le peux pas. Ma mère a sombré. Quand mon père l'a quittée pour une autre femme, elle a cru qu'elle n'y survivrait pas. Elle s'est réfugiée dans les hôpitaux psychiatriques, nous délaissant mon frère et moi, et pleurant de nous abandonner, mais ne pouvant pas faire autrement. Nous lui en voulions tous, mon frère, moi, mais aussi mon père, et la nouvelle femme de mon père qui trouvait que ma mère compliquait considérablement les choses. Pauvre maman. Je voudrais la prendre dans mes bras. Morte depuis vingt et un ans, enterrée au cimetière de Chevilly-Larue, aucun clin d'œil à quoi que ce soit, une ville désignée par la municipalité parce qu'il y avait de la place ici et qu'elle dépendait du Val-de-Marne. Pépée, morte deux années auparavant, d'un cancer du côlon. Du cul, aurait dit Biquette, mais elle ne l'a pas dit, juste pensé peut-être. Cul, sexe et organes génitaux, une belle trilogie qui me permet d'envisager l'avenir à raison de plusieurs échographies par an. J'ai des antécédents maternels.

La porte s'est enfin ouverte. Les agents des pompes funèbres l'ont poussée avec précaution, s'attendant aux assauts de la femme du défunt. Qui pour l'heure s'est affaissée et pleure en jurant que l'on ne l'y prendra plus. Elle ne dit pas à quoi il ne faut plus qu'elle se laisse prendre.

Deux policiers avancent dans le couloir. C'est elle, là-bas, désignent les Dominique. Les policiers s'approchent de ma tante et s'agenouillent pour se trouver à sa hauteur. Madame ? Biquette ne répond pas. Les policiers se font le signe désignant l'ivresse de l'individu auquel ils vont avoir affaire. Madame, vous ne vous sentez pas bien ? insistent-ils. Je me sens tout à fait bien, mais puisque vous représentez la loi, j'aimerais vous signaler quelque chose qui cloche dans le système des enterrements. Est-ce qu'un violeur d'enfants a le droit d'être mis en terre dans un costard cravate ? Ma tante pose la question sans s'énerver, comme si elle espérait qu'une véritable discussion concernant les textes de loi puisse aboutir. L'un des deux policiers la prend par le bras, considérant que l'entretien n'a pas à avoir lieu ici, mais plutôt dans le panier à salade. Biquette voit rouge et hurle. Ne me touchez pas, etc. Elle dit ce que tous disent dans ces situations horribles où les personnes n'ont pas conscience que leurs jours à venir, leurs semaines, voire leurs années sont en train de se jouer à cette seconde où les policiers se mêlent de leur vie. Foutez-le à poil ! supplie-t-elle encore alors qu'elle est maintenue par des types balèzes qui l'entraînent hors du lieu, l'embarquent, et la coffrent en cellule de dégrisement. Qu'il crève, le salaud ! crie-t-elle encore derrière les grilles du commissariat. C'est déjà fait, madame, lance le policier qui l'a amenée au poste avant de repartir chez lui, car sa journée est finie. Biquette lui fait un grand sourire et lui dit : Eh bien ça, au moins, c'est une bonne nouvelle ! Le policier trouve que cette femme a un certain humour, et il lui en est reconnaissant : sa soirée s'achève sur une note optimiste et, s'il n'était pas en fonction, il serait allé lui serrer la main.

C'est la fête

La comtesse, comme elle m'a appris qu'on l'appelait dans le quartier, refuse les travaux de couture à cause de son plâtre. Mais elle vient d'obtenir à vie l'allocation pour adulte handicapé. Ça compense. Elle me téléphone pour m'annoncer la bonne nouvelle et, demain, elle m'appellera pour m'informer de la décision qu'aura prise l'hôpital : lui retirer le plâtre, ou le lui laisser. Que de joyeuses perspectives ! C'est la fête. Et j'ai envie de fêter ça. Oui, fêter, picoler, m'isoler dans l'alcool, seule, sans amis, profitant de ce que Fanny est chez son père, Je vais fêter, dis-je à voix haute, l'obtention de l'allocation pour adulte handicapé de ma cousine. Le bouchon d'un lussac-saint-émilion saute et c'est parti ! Un peu de musique ? Yes ! Je vais mettre les Chemical Brothers. C'est parti ! C'est parti ! À force de le dire, ça viendra, ça partira. Yes, c'est parti ! Je fais hurler *Block Rockin' Beats* sans me soucier des voisins. Je ne sais pas quoi faire. C'est parti ! Ça ne marche pas. J'essaie encore. Je monte le son. C'est parti ! Le vin me vient, je le sens prêt à m'amorcer, mais c'est encore un peu mou. Qu'est-ce qui fait que je ne me déclenche pas ? *Hey Boy*. C'est la chanson suivante. J'adore ! Une chanson faite exprès pour célébrer tous les handicapés de la terre. Allez, Marianne, un petit effort, tu y es presque. Je me lève, esquisse trois mouvements et retombe lourdement sur le canapé.

Martine ne me meut pas. La danse ne m'accroche pas, et je voudrais fêter autre chose que l'allocation handicapé ou le retrait d'un plâtre. Ma vie est vide et moche, et je n'ai plus l'argent nécessaire pour la distraire de restaurants ou de chaussures à talons hauts pour des dîners où je ne vais plus. Le téléphone sonne de moins en moins, mes amis se retirent, gentiment, ils sont très occupés, ils prennent de mes nouvelles, mais je n'ai que du Rien ou Pas grand-chose à leur servir, non, je ne trouve pas de travail, c'est dur en ce moment, et dans mon domaine ils ne recrutent pas. Je sens la lassitude de ceux qui n'ont pas que ça à faire, écouter les jérémiades, qui ont un rendez-vous important, un projet à finaliser, oui, ils m'en parleront, mais c'est encore un peu tôt, on se voit bientôt ? Je suis prête à fixer une date, mais les agendas sont tellement remplis à l'autre bout du fil que j'accepte de m'entendre dire : on se rappelle dès que j'y vois plus clair, que je pose le pied par terre, que je respire un peu, que j'ai du temps pour moi. C'est avant Noël, après les vacances de février, pendant les vacances de Pâques, en juillet, après la rentrée scolaire. Les échéances s'enchaînent, et les gens ne rappellent pas. J'ai déjà appris à ne plus attendre. Martine, elle, je peux la voir quand je le désire. Tu viens à la maison quand tu veux. Je suis toujours là. Tu viens à la maison quand tu veux. Je suis toujours là, me suis-je surprise à annoncer à une amie que je croyais chère et proche, et qui a semblé gênée que je lui offre tout mon temps. Elle m'en a voulu d'être à sa disposition et m'a laissée sans nouvelles. Être trop libre est suspect. Il faut biaiser. Je pourrais biaiser, mais avec qui biaiser ?

La chanson est finie. Je me sers un autre verre de ce bon vin que je ne partage pas. Je suis seule. Seule comme un chien. Malheureuse comme les pierres et seule comme un chien. Personne ne le sait. J'envie ceux qui sont malheureux et dont tout le monde parle en disant : « Il ne va pas bien, en ce moment. » On se pose des questions, on s'interroge sur le pourquoi du drame qui traverse sa vie alors que tout, de l'extérieur, laisse à penser que le personnage en question mène une existence confortable, à l'abri du besoin, heureux dans son couple, entouré de ses enfants, épanoui dans son travail, absent les week-ends pour se rendre à l'autre bout du monde. Mais on se demande avec toute la compassion dont on est capable pourquoi il semble déprimé ces temps-ci. Ça occupe. Si le personnage est en psychanalyse, on suggère qu'il change de thérapeute. S'il ne l'est pas, on propose d'aborder prudemment avec lui la possibilité d'une démarche qui ne pourra que l'aider à aller mieux. Qui se lance ? Lequel de ces nombreux amis ou membres de sa famille dont il est le centre des préoccupations est le mieux placé pour aborder le problème avec lui ? Tu ne trouves pas qu'il a maigri ? On le traque jusque dans ses kilos gagnés ou perdus. Il faudrait peut-être qu'il fasse un régime. Qu'il mange davantage. Qu'il arrête de fumer. Qu'il travaille moins. Qu'il ne se tourmente plus avec ces histoires d'héritage. Qu'il se décide une fois pour toutes à vendre la maison de Sanary-sur-Mer pour racheter un truc plus près de Paris. Cette maison, c'est une plaie et il n'y a jamais été heureux. En plus, il ne supporte pas la chaleur. Et puis, le problème, c'est qu'ils se laissent tous les deux envahir tous les étés par les amis, et ils n'ont plus un moment pour respirer, penser à eux, se retrouver après une année où ils n'ont pas cessé de courir. Oui, je crois qu'on met le doigt sur quelque chose d'essentiel : il faut absolument qu'il se repose et qu'il cesse de se remettre en question pour un oui ou pour un non. Après tout, sa peinture (littérature, sculpture, musique, brevets en tout genre, manuels pour être heureux, chirurgie esthétique, auriculothérapie, cartomancie, édition, astrologie, DRH reconverti en conseiller pour personnes détruites par leur vie professionnelle, sexologie, criminologie, designer pour aider à vivre détendu chez soi) se vend bien. On va tous ensemble essayer de lui remonter le moral. D'accord, vous êtes partants? Oui, on est tous d'accord! Et pour commencer, offrons-lui ce dont il rêve depuis toujours : un séjour au Mali. Les statuettes Dogon sont sa véritable passion. Si on s'y met à vingt (et on est au moins vingt), on ne le sentira même pas passer. Oh oui, oh oui! Un séjour au Mali! Avec sa moitié, bien sûr. (Rires.) Sans elle (lui), il (elle) refuserait! Et on n'est pas des monstres. On est des amis! Amis, amis, amis, amis, amis...

Je voudrais être lui, ou elle. Qu'on s'occupe de moi. Le téléphone sonne. Je décroche, par nécessité. C'est un signe, quelqu'un veut prendre de mes nouvelles. Marianne? Je me vois m'effondrer, mais je ne m'effondre pas. C'est Martine. T'es bien assise? Oui, je suis bien assise. Eh bien, figure-toi, je me suis encore cassé la gueule! Ah bon, dis-je. Et tu sais quoi? Non, dis-je. Mon plâtre, il s'est fendu! Ah oui? dis-je. Ben, attends, c'est quand même dingue! C'est comme si j'avais décidé moi-même que je voulais ne plus en avoir. Oui, c'est dingue en effet, c'est complètement fou, dingue la façon dont ma vie en ce soir de grande solitude m'oblige à rire d'un événement dont je ne sais même pas s'il est amusant, désespérant, angoissant, intéressant, mais je me mets à rire avec ma cousine qui augmente son rire à l'aune du mien, dont je force l'intensité à mon tour, au point que je n'entends plus ce qu'elle me raconte, mais ça a l'air drôle. C'est avec moi qu'elle veut partager l'accident formidable qui s'appelle le destin, et l'on n'en a pas fini avec ça. Mon Dieu, la situation est si pathétique que j'envoie mon verre valdinguer contre le mur pour le plaisir du verre cassé et des coulures de vin rouge sur la peinture blanche. Je pense à Fanny, à l'obligation d'effacer les traces pour ne pas l'effrayer, pour ne pas qu'elle pense que sa mère fait des bêtises dès qu'elle a le dos tourné. Ma Fanny, mon cœur, mon amour, ne t'inquiète pas, je suis une vraie maman. Je ne bois pas autant que je le dis, je ne suis pas malheureuse comme les pierres et seule comme un chien autant que je le dis, ne t'inquiète pas, mon amour, je suis là, et je t'ai acheté des pinceaux aujourd'hui, avec de la peinture et des pochoirs pour faire des figures, et une mallette de perles pour fabriquer des colliers que nous mettrons autour de nos cous. Je voudrais danser avec toi. Faire la fête avec toi. Nous écouterions Pascal Parisot que nous adorons toutes les deux et nous exécuterions des pas dans toutes les directions en faisant les folles. D'accord ? On est tous d'accord ? Toi et moi, nous sommes d'accord ? Alors on va faire ça. Et l'on sera bien plus heureuses que le personnage autour duquel tous les amis se sont réunis pour lui offrir son putain de voyage au Mali dont nous n'avons rien à faire. Viens m'embrasser, ma chérie, viens. Toi et moi, on est les plus fortes du monde entier, les Martiens compris.

Et tu sais quoi ? Non. Eh bien, Lucien, il dit que quand j'ai une idée dans la tête, je ne l'ai pas autre part. Il dit ça, Lucien ? Et Lucien, qui ne perd pas une miette de la passionnante conversation puisque leur téléphone est toujours mis sur l'amplificateur (on ne se cache rien), ajoute de loin : Ma p'tite Mario, si t'as autant de cervelle que ta cousine, tu auras une longue vie ! Je le remercie du bout des lèvres.

J'ai si peur de la mort.

Dans le creux de l'oreille

Je me rends au rendez-vous fixé tous les mois par le Pôle Emploi. J'apporte les justificatifs de ma recherche d'activité, les lettres que j'ai envoyées, les réponses négatives que j'ai reçues, rares, parce qu'on ne se donne pas la peine de répondre. Mon conseiller s'appelle Édouard Blanchard. Il me reçoit dans un espace séparé des autres bureaux par des cloisons vitrées et semi-ouvertes, et il ne ferme pas la porte. Les gens parlent bas et, de toute façon, rien de ce qui est dit ici ne peut être considéré comme confidentiel. Alors, madame Raevens, depuis la dernière fois... Je sors mes lettres, les échanges d'e-mails que j'ai imprimés, j'évoque le rendez-vous que j'ai obtenu avec Mme Grangier, et conclus que, vraiment, les temps sont durs. Édouard Blanchard touche sa barbichette, et je me surprends à penser que toutes les barbichettes qui naissent sur les mentons des hommes ont pour seul destin d'être triturées par leur propriétaire. Les hommes font pousser des doudous sous leur menton. Il faut attendre qu'Édouard Blanchard en ait fini de son attouchement pour obtenir quelques mots, et ces mots me font frémir. J'ai quelque chose pour vous, madame Raevens. Vous voyez, tout finit par arriver ! Il guette une réaction, que je n'ai pas. Je suis juste morte de peur à l'idée de sa proposition. Il s'agit, reprend-il, d'accompagner des jeunes de seize à vingt-cinq ans qui ont dévié du parcours normal qui mène aux études ou à l'emploi. Vous travaillerez dans une mission locale. La mission locale est un espace d'intervention au service des jeunes. Chaque jeune accueilli bénéficie d'un suivi personnalisé dans le cadre de ses démarches. Les structures d'accueil doivent apporter des réponses aux questions d'emploi, de formation mais aussi sur le logement ou la santé. Chaque jeune, selon son niveau, ses besoins, ses difficultés peut bénéficier de réponses individualisées pour définir son objectif professionnel et les étapes de sa réalisation, pour établir son projet de formation et l'accomplir, pour accéder à l'emploi et s'y maintenir. Il s'agit d'assurer des fonctions d'accueil, d'information, d'orientation et d'accompagnement pour aider ces jeunes à résoudre les problèmes que pose leur insertion sociale et professionnelle. En plus, ajoute Édouard Blanchard avec un grand sourire, sachez que nous serons peut-être amenés à nous revoir dans le cadre de votre nouvel emploi. Les missions locales travaillent main dans la main avec le Pôle Emploi ! Le rêve... J'ai eu beau faire un effort de concentration, je n'ai pas assimilé toutes les informations que mon conseiller a débitées comme un bon élève me récitant sa leçon. Mais, demandé-je, quelle formation faut-il avoir ? Les conseillers en insertion professionnelle, appelés CIP, ont un diplôme qui facilite l'accès à un salaire un peu plus élevé, mais la mission locale à laquelle je pense pour vous se contenterait d'un bac + 5 sans formation particulière, mais titulaire du brevet d'aptitude aux fonctions d'animateur, diplôme que vous possédez. Ils sont prêts à vous recevoir parce que je leur ai vanté vos qualités d'écoute et votre connaissance du secteur jeunesse. Mais je n'ai aucune connaissance du secteur jeunesse ! Ne m'avez-vous pas dit que vous aviez participé à l'élaboration d'un film d'animation destiné aux 3-6 ans ? Si, mais c'était en tant que graphiste, et... Ne vous sous-estimez pas. Édouard Blanchard change de ton : Écoutez, j'ai fait des pieds et des mains pour que la directrice de la mission locale de Fontenay-sous-Bois accepte de vous voir. Nous travaillons en partenariat, nous nous connaissons bien, et elle attend de moi que je lui propose des candidats solides. J'ai pensé à vous. Puis-je vous poser la question du salaire ? C'est environ 1 500 brut, avec, je suppose, des perspectives d'augmentation. Mais vous verrez ça directement avec la directrice de la mission locale. 1 500 brut ! Et tu fais la moue ? Mais tu viens d'où et tu veux quoi ? Moi, si on me proposait d'aider les jeunes à se réinsérer, comme ils disent, je peux t'assurer que je dirais oui sans hésiter. Et tu te plains de ne pas trouver de travail ? Nous, pour l'instant, avec Lucien, on a 617 € pour deux et un loyer de 302 € à payer. Tu vois ce qu'il nous reste ? À cause de mon poignet, je ne peux même pas arrondir les fins de mois avec les travaux de couture. Et Lucien, il rapporte à peine plus de 100 € quand il a la chance de ratisser les jardins publics. Tu hésites ? Madame Marianne Raevens hésite ? Ce type se décarcasse pour toi et tu fais la fine bouche ? Tu seras dans un bureau, au chaud, à recevoir des paumés et à remplir des dossiers. Tu ne te casseras pas le dos à nettoyer le sol. Dans tes locaux, à Fontenay-sous-Bois, il y aura une pauvre femme qui trimera pour que tout soit propre quand t'arrives, ta poubelle vidée, les miettes de ton sandwich aspirées, et toi tu la rencontreras jamais, tu sauras même pas qu'elle existe. De quoi te plains-tu ? La femme de ménage, avant, ça aurait pu être moi. Si tu savais ce que j'aurais donné pour décrocher un boulot dans un bureau ! Mais ça a toujours cloché. Je me suis présentée à des postes, j'ai expliqué à quel point j'étais soigneuse, comment j'aimais que tout soit propre et rangé et, malgré ça, on ne m'a jamais engagée. Le truc qui clochait, je vais te le dire : j'avais pas les bons vêtements. Parce qu'aujourd'hui, même une femme de ménage doit savoir s'habiller avec goût. Mais pour avoir le temps de penser au goût, faut avoir du fric, et ça, du fric, j'en ai jamais eu, alors je pensais plutôt à voler qu'à avoir du goût et, tu vois, tout s'enchaîne. J'ai fait du ménage chez les particuliers, parce que la caissière du Franprix connaissait des gens et avait confiance en moi. Mais, bon sang, un job en banlieue parisienne, à être payée plus de 1000 € à écouter des gens, ça, on ne me l'a jamais proposé. Le type en face de toi attend ta réponse. Vas-y, dis oui.

Tais-toi, Martine.

Je ne peux pas accepter, c'est impossible, je n'ai pas les compétences pour ce travail qui n'est pas du tout en lien avec ma formation et mon expérience, et je ne me sens pas capable d'aider des jeunes en difficulté car je suis moi-même en difficulté. Madame Raevens, c'est le deuxième emploi correspondant à votre niveau d'études que vous refusez. Vous l'avez dit vous-même, c'est dur en ce moment. Alors, s'adapter, c'est la seule manière de s'en sortir. Et si vous ne voulez pas vous en sortir, nous ne pouvons pourvoir à votre refus de travailler en continuant à vous verser les indemnités. Mais, monsieur, j'ai à ma charge une petite fille. J'ai travaillé toute ma vie. Je ne veux pas ne rien faire, mais je ne peux pas faire n'importe quoi. Aider les jeunes à trouver du travail, c'est faire n'importe quoi, d'après vous ? Je n'ai pas dit ça, je vous explique simplement que je suis graphiste, que je crée des univers visuels, que j'habille des espaces imagés, que je crée des logos. J'ai quelques compétences en dessin, mais peu, et je pourrais éventuellement me satisfaire d'un poste de maquettiste, mais, vraiment, conseiller les jeunes pour leur carrière et régler leurs problèmes de logement ou de santé, je ne le pourrai pas ! Ne vous énervez surtout pas, madame Raevens. Nous sommes là pour discuter, pas pour élever le ton. J'entends bien votre refus de vouloir rencontrer cette directrice de la mission locale à Fontenay-sous-Bois. La rencontrer ne vous engageait à rien mais, même ça, vous le refusez. D'accord, j'en prends note. Nous nous verrons le mois prochain et examinerons votre situation à ce moment-là. J'espère pour vous que vous aurez progressé dans votre recherche d'emploi. Je ne vous cache pas que si, d'ici là, rien n'a avancé et que, de mon côté, je trouve un poste qui pourrait vous correspondre, il vous sera difficile de m'opposer un refus. Je peux simplement vous assurer de mon énergie pour vous trouver ce poste. Je m'investis à fond dans votre dossier et, croyez-moi, je n'ai pas les moyens de faire ça pour tout le monde. La barbichette d'Édouard Blanchard est maintenant si pointue à force d'avoir été lissée et tirée vers le bas qu'il semble qu'elle serait capable de perforer une matière souple. Mais cela ne m'amuse pas d'imaginer de quelle matière il pourrait s'agir. Je voudrais me lever, mais comme lui ne bouge pas, je reste assise. Il se met à taper sur son ordinateur les mots qui résument l'idée qu'il se fait de notre entretien. Il me tend la main sans prendre la peine de me raccompagner au seuil de son bureau sans porte.

Dans la rue, je m'effondre. C'est bien le moment de se mettre à chialer ! Je t'avais prévenue ; il fallait accepter ! Et maintenant qu'il t'a bien dans le collimateur, tu peux être sûre que tes indemnités vont sauter si tu n'acceptes pas d'aller faire la bonne d'un industriel à Roubaix ! Parce que ne crois pas que la prochaine proposition sera aussi confortable que celle qu'il vient de te faire. C'est pas un drame pour toi. T'as un toit, et puis, le RSA, c'est pas rien, 700 € quand t'as un môme. Bon, tu comprendras pourquoi Lucien et moi, on ne fout jamais les pieds à Paris. Plus de 10 € de train, nous, on ne peut pas se le permettre. Toi, tu t'en fichais, tu venais nous voir à Rambouillet parce que t'avais envie d'écrire ton bouquin. C'est quoi, pour toi, 10 € ? Ton chômage, il est trois fois supérieur à ce qu'on a. Mais ça ne va pas durer, ma jolie. Et peut-être qu'enfin nous pourrons un jour parler d'égale à égale. Allez, te fais pas de mouron, rentre chez toi et bois un coup. Tu possèdes un F 2, un ordinateur, des fringues de marque que tu peux revendre, et une petite fille si mignonne qu'elle va te remonter le moral. T'aurais dû accepter, et c'est tout !

Tais-toi, Martine.

Je rentre chez moi. Il est 15 h 30. J'ai donc une heure pour encaisser le coup avant d'aller chercher Fanny à l'école. Je ne résiste pas ; j'appelle Solène, une ancienne collègue qui a retrouvé un poste de graphiste dans l'entreprise où travaille son mari. Elle était réfractaire à l'idée d'un boulot associé au mari, mais la perspective du chômage longue durée ne l'a pas fait hésiter longtemps. J'attends d'elle un miracle qui ne viendra pas, mais ne pas tenter ma chance me rendrait coupable de ne pas avoir essayé. Elle décroche, s'étonne de m'entendre (ça fait si longtemps), me prévient qu'elle a peu de temps (je me souviens des appels reçus à mon travail au cours de la dernière année ; je prévenais moi aussi mes interlocuteurs du peu de temps que j'avais à leur consacrer). Cependant elle m'écoute (elle sent que je ne vais pas bien). Je lui raconte mon entretien, mon désespoir, ma peur, mon angoisse du lendemain. Elle s'emporte : Tu as eu mille fois raison de ne pas accepter ce poste. Tu te serais mise en situation d'échec et tout ce qui s'en serait suivi t'aurait porté préjudice. Tu es une bonne, Marianne, ne l'oublie pas. Je ne suis pas inquiète pour toi. Tu trouveras à la mesure de ton talent. Aie confiance ! Bon, là, je suis obligée de te laisser. Je suis charrette, mais je te rappelle pour prendre des nouvelles. Courage, et n'oublie pas : tu es une bonne ! Si j'entends parler de quoi que ce soit, je penserai à toi.

Ah ! Elle s'est bien foutue de ta gueule, ta Solène ! Elle a fait ça dans les formes. Ça, ma vieille, c'étaient tes anciennes amies. Maintenant, tu m'as, moi. Et moi, je peux te dire une chose : ne fais pas ta chochotte parce que, sinon, tu te retrouveras à picoler du matin au soir et du soir au matin pour oublier que t'as raté une marche. Eh, ma jolie, écoute un peu ta cousine ! On n'est pas de la même lignée pour rien. J'ai le sens de la famille, moi, et je peux promettre une chose, croix de bois, croix de fer, si je mens, je vais en enfer : maintenant que je t'ai retrouvée, je ne te lâcherai plus.

La visiteuse

Martine m'avait promis de me téléphoner pour me donner des nouvelles de son poignet dès le soir de sa visite à l'hôpital. Elle ne l'a pas fait. Plusieurs jours ont passé. Je n'attends pas vraiment son appel, j'arrive à oublier qu'elle s'était engagée à me tenir au courant, et pourtant je rôde dans l'appartement sans activité fixe, espérant niaisement que le téléphone sonne. Je réponds à un appel dans la soirée qui suit le troisième jour de mon attente inavouée. Ce n'est pas elle, mais un ami de longue date qui prend régulièrement la température de ma vie sentimentale, espérant chaque fois que je lui annonce ces nouvelles rassurantes : Je suis totalement seule et assez déprimée mais, vois-tu, pas au point cependant de prendre des médicaments. J'y songe, bien sûr, mais les médicaments et l'alcool ne font pas bon ménage. Tu bois donc tant que ça ? Un peu plus que de coutume, et j'en suis assez satisfaite. Tu m'inquiètes, Marianne. Oh non, Jérémy, je ne t'inquiète pas, je te réconforte au contraire. Pourquoi penses-tu une chose pareille ? Tu as l'air vraiment mal, en effet. Mais au fait, comment va ta fille ? Fanny est la part princière de mon existence, et je me raconte parfois que cela me suffit. Mais, puisque tu es en train de te le formuler tout bas, je vais dans ton sens ; un enfant ne comble pas une vie, j'en ai conscience. Écoute, je crois que je vais cesser de m'enquérir de toi. Tu sembles amère et désabusée, lassée de mes appels, alors je ne t'importunerai plus. Au revoir ? C'est posé comme une question. Je réponds au revoir, et Jérémy raccroche. Un de moins, ne puis-je m'empêcher de penser.

Six jours. Toujours rien. Je m'interroge sur les raisons de ma déception en ouvrant un château-massereau. Au fond, quelle importance pour moi que Martine garde ou non son plâtre. Je n'en ai strictement rien à faire. Et elle, de son côté, se fiche complètement d'entendre mes Ah ! enthousiastes ou mes Oh ! désolés. Elle se tient bien plus proche de moi par la distance qu'elle m'impose que par ses ricanements alcoolisés qui m'exaspèrent dès lors qu'elle se met en scène dans le rôle de la victime consentante. Les coups dans la tronche, c'est pour moi ! (Accompagné de rires, de rires, et encore de rires.) Je n'en peux plus de ses rires qui partent de sa gorge et m'arrivent aux oreilles comme les lancinants aveux de sa détresse. Et pourtant, oui, je donnerais tout ce soir pour l'entendre rire en me racontant comment elle les a encore entubés. Je ne sais pas qui elle entube ni comment les plus grands pontes des services orthopédiques ne se rendent pas compte qu'ils sont menés par le bout du nez par ma cousine, mais elle les a tous eus, prétend-elle, et quand elle a décidé quelque chose, elle l'obtient. Je voudrais rire avec elle. Mais j'ai le cœur serré quand je dresse le bilan de ce qu'elle a obtenu : un réfrigérateur, une machine à laver presque neuve. Et ça, je peux te dire que je ne me suis pas gênée pour récupérer ce qu'il y avait chez ma mère. La vieille, c'est moi qui l'ai accompagnée jusqu'à ce qu'elle crève. L'héritage, c'est moi qui l'ai raflé, et j'ai pas honte ! Ma p'tite Mario, faut comprendre, ta cousine, elle en a bouffé de la vache enragée. Tu vas voir, la mâche que je prépare, t'en as pas mangé souvent dans ta vie. Oui, je l'ai encadrée. C'est une photo qu'a prise la Chiasse au concert de Michel Sardou. Pour une fois qu'elle me faisait un cadeau ! Elle est belle, hein ? Le problème avec ma hanche, c'est que je peux plus marcher bien longtemps. Tu te rends compte, les salauds, ils ont mis un an à nous rembourser ! Treize, je te dis, elle en avait treize, des poupées. Et après ça, qu'on vienne me reprocher que je ne l'ai pas gâtée ! Le martinet, c'était juste pour lui faire peur ! Bien sûr que non, j'ai jamais frappé ma fille ! Aider les jeunes à trouver du travail, c'est faire n'importe quoi, d'après vous ? Y a pas que les riches qui sont dans la misère ! Il a raison, Lucien, elle est bonne celle-là, non ? Fontenay-sous-Bois, non je ne pourrai pas. Ne perds pas courage, tu es une bonne ! Il pêchait dans le vide-ordures, c'est dire comme il avait bu ! C'est quoi, plus longtemps que longtemps ? C'est la mort à l'envers, maman. Maman, tu es magique. Fanny, je suis bourrée.

Ma mère magique à moi ne fait aucun effort pour venir à moi. À moi maman ma maman, incantations puériles et inutiles qui me confortent dans l'idée que la mort a un sens aigu de la rupture pour toujours sans possibilité de se convaincre que, peut-être, on ne s'est pas tout dit, et qu'il serait bon de refaire le point, maintenant qu'on a pris de la distance. Pourtant, ma petite maman, ne pourrais-tu pas réapparaître, comme ça, facilement, ce soir, pour me faire plaisir ? Dis-moi, veux-tu bien ? Je suis occupée, ma chérie. Elle a répondu. Je cours à la cuisine et embrasse le château-massereau. Continue à me faire du bien, chéri. Je me reverse un verre, coupe le chauffage pour accueillir ma mère (tout en pensant que mon délire me fera faire des économies) et retourne en courant dans le salon. Je reste debout, lève les mains en l'air, remue les doigts comme le font les danseuses indiennes pour entrer en contact avec les divinités. Je suis en totale disponibilité. Ma mère prend son temps. J'ai tout mon temps. Elle est installée sur le canapé dans une veste à franges élimée et un jean délavé. Elle porte des baskets blanches Adidas, celles avec les bandes noires. Je suis épuisée, annonce-t-elle. Qu'est-ce que tu m'offres à boire ? Je n'ai pas de rosé, je n'avais pas prévu que tu viendrais. Ce n'est pas grave, de toute façon je ne peux pas rester longtemps, j'ai des choses à faire. Maman, comment peux-tu dire ça ? Écoute, ma chérie, nous nous sommes passées l'une de l'autre pendant plus de vingt ans. Tu as fait ta vie sans moi, et tout le monde s'est arrangé de mon absence. C'est très compréhensible, mais qu'on ne vienne pas me reprocher de ne pas être disponible !

— Maman !

C'est presque un peu ridicule de t'entendre aujourd'hui m'appeler maman. Je t'assure, ma chérie, tu devrais concevoir autrement ta relation avec moi.

— Maman !

Allez, va, sers-moi un petit verre de ton vin rouge. J'ai quand même besoin de me détendre un peu. Ça me fiche un coup de voir à quel point tu es restée enfant. Je pensais t'avoir apporté un peu de confiance en toi.

Ma mère se laisse aller en arrière sur le canapé et j'ai peur un instant qu'elle ne replonge dans son état de morte. Je ne veux plus la voir morte, recommencer à la pleurer, à l'enterrer, non, je ne le supporterais pas. Heureusement, elle se redresse un peu et promène son regard dans la pièce. Ce n'est pas très joli, ce tableau, dit-elle en désignant un portrait à l'huile qu'un ami proche a peint de Fanny. Je n'ose pas lui dire qui en est le sujet de peur d'un commentaire qui me briserait tout à fait. Pour faire diversion, j'essaie d'être drôle : Tu te rends compte, maman, nous avons presque le même âge ! Bientôt, je serai plus vieille que toi. Que se passera-t-il ce jour-là ? Maman, crois-tu que je vivrai suffisamment longtemps pour devenir ton aînée ? Avec ce que tu fumes et ce que tu bois, je comprends que tu te poses la question ! Ne m'avais-tu pas promis d'arrêter de fumer, deux ou trois jours avant mon trépas ? Tu as dit : « Je le jure ! » Je ne t'ai pas crue, bien sûr, mais je n'étais pas en état d'exiger quoi que ce soit. J'étais en train de mourir, souviens-toi, et toi, tu jurais ! Tu savais déjà à ce moment-là que je n'y serais plus pour te rappeler ta promesse. Et puis, ma petite fille, combien de fois t'ai-je répété qu'il fallait s'abstenir de jurer ! Donc, pour répondre à ta question, non, il n'est pas certain que tu deviennes un jour mon aînée.

Tant de cruauté et d'absence d'amour m'effraient de la part de ma mère. Je la croyais aimante, je m'étais imaginé qu'elle n'attendait que ça, me revoir, pour savoir ce que j'étais devenue et m'encourager à continuer à me battre dans l'existence comme elle l'avait fait elle-même. Je suis au bord des larmes et ma voix se brise.

— Maman !

Ça suffit, la plainte. Tu ne m'as tout de même pas conviée pour te donner en spectacle et me forcer à admettre à quel point tu es malheureuse. Brr... tout ça me déprime profondément. Il est temps que je reparte.

Un œil se ferme, une oreille se replie, les

doigts d'une main se recroquevillent, la bouche se voile, les contours s'estompent.

— Maman !

Je me mets à chialer pour de bon. Maman, ne pars pas, s'il te plaît. Elle fait un effort visible pour redevenir ma mère avec son visage complet et ses maigres jambes croisées, ses bras le long de son torse, et son torse tendu en avant dans l'attente de mes propositions. Que puis-je encore pour toi ma chérie ? J'aime qu'elle continue à m'appeler « ma chérie ». Je voudrais tant qu'elle puisse encore pour moi quelque chose. Mais je ne vois pas quoi, sinon être ma mère. Je le lui dis. Que ferions-nous l'une de l'autre ? répond-elle. Et je dois reconnaître qu'une fois encore, elle a raison. Je serais une fille encombrante, et elle une mère envahissante. Supporterais-je encore qu'elle m'explique que j'ai tort, que je dois laisser les morts tranquilles, que je dois faire ma vie sans me préoccuper du passé, qu'elle a tout fait pour nous rendre heureux mon frère et moi, et qu'elle ne comprend pas pourquoi sa fille se ronge les sangs après tant d'années en les convoquant, elle et toute la famille, dans une histoire sans queue ni tête au risque d'y perdre son âme.

— Maman !

Qu'est-ce qu'il y a encore ? Tu as dit « âme », maman. C'est un mot que tu bannissais et dont tu m'as dégoûtée. Tu m'as toujours expliqué qu'il fallait laisser l'âme à ceux qui n'avaient rien d'autre à se mettre sous la dent. Nous, on vit, et l'âme suit, disais-tu. On change, répond-elle. L'âme a pour moi un sens aujourd'hui. Et, ma chérie, je me rends bien compte qu'elle n'en a pas pour toi. C'est probablement de ma faute, tu m'as trop écoutée et tu as pris tous mes mots pour parole d'évangile. C'est ce qui fait que tu es restée figée sur ma façon de voir le monde. Tu n'as pas réussi à te libérer de moi. Tu es encore une enfant, mais je n'ai plus d'affection pour toi car tu n'as plus l'âge d'être une enfant. Pour dire les choses un peu crûment, j'ai du mal à croire que tu es ma fille.

— Maman !

Ça suffit. Le cirque a assez duré. Je suis épuisée par tes convocations inutiles et, je préfère te prévenir, je ne reviendrai pas. Ne m'appelle plus : ce serait un peu douloureux pour moi de ne pas répondre à tes supplications, et j'ai gagné depuis longtemps le droit d'être enfin tranquille. Je ne suis plus coupable de rien, car je suis morte. Tu entends, ma chérie, morte.

— Maman !

Quoi encore ? Aimais-tu ta sœur ? Non, et tu le sais. La question est déplacée. Pourquoi t'intéresses-tu à elle ? Parce que je la découvre, et que tu ne m'en as jamais parlé. Ma sœur était une sorte de maléfice qui m'a poursuivie toute mon enfance. Je l'ai chassée comme on traque l'autre en soi. Bernadette me faisait peur. Elle effrayait tout le monde. Elle a fait ses dents sur moi et, dès que j'ai pu, je l'ai fuie. Elle voulait garder ses enfants en elle et ne tolérait pas l'idée qu'ils puissent sortir de son ventre. Elle les maudissait tant de naître qu'elle en remettait un en route en espérant que celui-là ne lui ferait pas le sale coup de s'échapper. Mais ce fut trahison sur trahison, et elle a décidé d'arrêter les frais quand le petit dernier s'est révélé aussi têtu que les autres. C'était le drame de ma sœur, voir des enfants sortir de son ventre. Et toi, maman, tu étais heureuse de voir tes enfants sortir de ton ventre ? Ma mère se rétracte et la partie gauche de son être se retire.

— Maman !

J'ai encore des choses à te dire. J'ai une enfant, moi aussi, qui s'appelle Fanny. Mais ne te l'ai-je pas déjà dit ? C'est une petite fille merveilleuse, et tu lui manques, maman, je lui parle souvent de toi, je lui explique que tu aurais été pour elle une grand-mère formidable. Elle te ressemble un peu, surtout le bas du visage. Si tu la connaissais, tu l'aimerais. Elle est incroyablement douée et maligne. On invente des jeux, on compte les diables qui occupent la rue tous les mercredis matin, puisque maintenant Fanny fait de la danse le mercredi matin, nous en avons décompté vingt-six la dernière fois, vingt-six, tu te rends compte ! on pique de vrais fous rires, on fait la course, et des roulades sur les tapis. Quand ses chaussures sont neuves, elle a le droit de monter sur les lits avec, et je regrette le temps où je pouvais lui acheter plusieurs paires par saison, rien que pour le plaisir de monter sur les lits, alors que c'est interdit de monter sur les lits avec les chaussures.

— Maman !

Il ne reste plus de ma mère que son parfum. Opium.

Garce, tu me quittes, tu me sèvres, tu m'abandonnes. Je te croyais ma mère et tu n'es qu'un fantôme grimaçant d'orgueil et de méchanceté. Tu m'obliges à me resservir de ce vin dont les vertus ne sont pas avérées. Je suis déjà chancelante de t'avoir revue, ou est-ce le château-massereau, ou est-ce le dépit, ou est-ce la tristesse de ne pouvoir retrouver tes bras qui m'ont bercée et rassurée. Tu n'es plus celle que j'aimais tant. Tu as tant vieilli, tu es dure et sèche. Qu'est-ce que ça rend con, la mort.

Le dernier homme

J'ai craqué. J'ai téléphoné. Je m'étais pourtant juré de ne pas le faire. Martine m'a répondu, rigolarde, pas du tout fâchée contre moi, contente que je l'appelle, pensait qu'elle l'avait fait, s'excusant d'avoir oublié, ma Martine de d'habitude, pas du tout inquiétée par mon projet, ne me posant aucune question à ce sujet, et m'annonçant qu'on lui a retiré le plâtre pour le remplacer par une attelle. Tout va bien. Un peu d'ostéoporose, mais pas d'algodystrophie, ce qu'elle redoutait, parce qu'elle en a dans le pied. Elle prononce « algodystrophie » en détachant bien les syllabes, elle s'est approprié le mot comme on porte un nom de famille, et je lui avoue que j'en ignore le sens. Elle se lance dans des explications compliquées et je retiens simplement que les suites chirurgicales peuvent provoquer de l'algodystrophie dans un pied, mais éviter le poignet. Je te promets, me dit-elle, que je t'appellerai dès que je me serai cassé quelque chose d'autre ! Et elle rit, c'est marrant, elle se casse de partout et s'engage à me tenir la première au courant. Je lui réponds que c'est une sorte d'activité, de se briser les os. Elle ne me contredit pas. À part me mettre en morceaux, j'ai pas grand-chose à faire. Enfin, si : lutter contre le froid. La météo, ça m'occupe à plein temps ! Lucide. Ma cousine, qui me manque, que je me retiens d'appeler, que j'appelle finalement, qui occupe mes journées et mes nuits, tient sa promesse. « Maintenant que je t'ai retrouvée, je ne te lâche plus. » Ma peur grandit : elle met son projet à exécution tandis que le mien reste dans les limbes.

Biquette avait le cancer. La nouvelle lui était tombée dessus à l'occasion du seul frottis qu'elle ait jamais fait de sa vie. Elle souffrait tant qu'elle avait accepté de consulter un médecin. Elle avait d'abord attribué ces douleurs à la saleté de son mari, un type qu'elle avait bien voulu épouser parce qu'il lui faisait du chantage au mariage. Elle avait fini par flancher, espérant qu'il mourrait dans des délais honnêtes et qu'elle hériterait de sa fortune. Il n'y avait pas de raisons pour que celui-là dure beaucoup plus longtemps que les autres. Elle n'était plus toute jeune et l'idée du mariage ne lui déplaisait pas tant que ça. Elle deviendrait Madame Bernadette Delacroix, un nom qu'elle trouvait chic et à sa mesure. La croix, elle s'en fichait complètement, mais elle n'était pas contre la possibilité de l'implorer le jour du grand saut. Bref, elle ne se posait plus tant de questions et prenait ce qu'il y avait à prendre. Après Maurice, il y avait eu un autre épisode macabre : Pascal était d'une immense bêtise qui le prédestinait à une mort précoce et violente. Il trépassa en prétendant, un soir de tempête, qu'il était capable de plonger du toit. Biquette l'avait pris au mot pour lui démontrer que l'obstination dans la crétinerie pouvait avoir des conséquences graves. Il sauta et mourut sur le coup. Lorsque Bertrand Delacroix, donc, un homme qui lui avait fait miroiter argent et pouvoir, s'était présenté à elle, elle avait saisi l'occasion. Le Bertrand en question la connaissait de notoriété. Ma tante, si détruite et alcoolique fût-elle, jouissait d'une réputation de mante religieuse qui séduisait les hommes au point de leur donner l'envie de relever le défi. Elle devenait une sorte de challenge, et le challenge, c'était de la faire mourir plutôt que d'y laisser sa peau. On savait où elle habitait, on connaissait son caractère, on la craignait, on la respectait. Elle faisait peur, et la peur attirait les types qui n'avaient plus rien à perdre. C'était le cas de Delacroix. L'homme en question, à force de trafics en tout genre et d'opérations financières foireuses, finit par se voir menacer d'expulsion. C'est donc tout naturellement qu'il se rendit au Bar des Amis pour tenter d'y séduire ma tante. Delacroix avait tout prévu. Il s'était renseigné sur le prix du mètre carré à Barbizon. Il ignorait, bien sûr, que la maison était hypothéquée et que les murs ne valaient presque plus rien. Quand il aperçut ma tante, juchée comme de coutume sur le tabouret qui portait son nom (quand un client voulait s'y asseoir aux heures où ma tante était susceptible d'arriver, le patron disait : « Ah non, le tabouret-Biquette est réservé ! », et tous d'éclater de rire), il eut un coup au cœur. Il la savait vicieuse, abîmée, saoularde et gueularde, mais il n'avait pas soupçonné son allure. Il se dégageait d'elle une force qui la tenait droite et, malgré la bière qui entravait le débit de son discours (elle expliquait au barman comment elle avait fait fuir un rôdeur en le menaçant avec une pelle), elle gardait les yeux grands ouverts, levait le menton et promenait un regard supérieur sur tous ces pauvres zouaves déjà saouls à neuf heures du matin. Son port de tête était celui d'une dame de la haute, faisait presque oublier les vaisseaux éclatés qui striaient son visage.

Il décida de mettre de côté cette première impression. Il ne fallait surtout pas qu'il s'attache à cette pute. Son seul but était de la faire flancher, de l'obliger à aller jusqu'au bout de sa déchéance, de l'accélérer, de la faire crever. Car c'était une salope. La toute petite jungle qui se battait pour tenter de se faire une place de voyous dans une ville comme Barbizon le savait. Et Delacroix avait été tuyauté par des trafiquants minables qui avaient bossé pour lui et l'avaient mis sur la paille. Certains la surnommaient « la Duchesse », d'autres l'appelaient « la Pute », d'autres encore, plus malveillants, l'avaient baptisée « la Pocharde ».

Bertrand Delacroix entreprit de se la jouer

dédaigneuse. Il s'approcha du bar, commanda un whisky sans glace et sortit une liasse de billets de cent francs pour régler sa consommation. Il ne jeta pas un regard en direction de Bernadette qui, de son côté, joua les grandes indifférentes. Évidemment, la liasse ne lui avait pas échappé. Elle l'avait captée d'un œil, si rapidement qu'elle pensa avoir rêvé. Elle se demandait ce qu'un homme si bien mis (il portait costume, cravate et souliers vernis) et si plein aux as venait faire dans ce bouge si tôt le matin. Il avait commandé un whisky, ce qui, à cette heure-là, n'était pas banal. Le Monsieur ne se contentait pas de la Kro que picolaient tous les poivrots du coin. À force de redemander soit un whisky, soit une bière, les défenses de ces deux-là s'affaissèrent. Et Delacroix dut se rendre à l'évidence : cette femme avait du caractère. Pas un regard, pas un mot pour lui alors qu'elle s'adressait au barman pour lui raconter des choses extravagantes : elle avait planté un rosier dans la forêt pour offrir aux bêtes la possibilité de respirer l'odeur de la rose, elle s'était confectionné une tenue à base de sac gravats et se plantait en plein centre-ville pour voir les tronches ahuries et outrées des Barbibourges à la con. Elle ne faisait pas la manche, ça, pas question, sa préretraite lui suffisait largement pour payer ses coups. Et puis, elle était propriétaire ! Elle se gardait bien de dire qu'elle allait être obligée de vendre la baraque, parce que toutes ses paroles étaient destinées à entrer dans le crâne du cravateux qui buvait son whisky à côté d'elle. Ou elle lui plaisait, ou elle ne lui plaisait pas, mais il fallait qu'il se décide, parce qu'elle n'allait pas y passer la journée. Elle serait bientôt à court d'imagination. Bref, il baissa la garde et l'aborda. Un whisky? Ça coûte un bras. C'est moi qui régale. Alors, si c'est vous, ce n'est pas de refus. Et c'est ainsi que, trois mois plus tard, Delacroix obtint la main de ma tante. Ils avaient décidé d'un commun accord de n'inviter ni famille, ni emmerdeurs de toutes sortes, et ils célébrèrent leur union sous une bâche, avec quelques voyous, amis de Bertrand, et quelques ivrognes, amis de Bernadette. Une glacière avec les bouteilles et des pizzas, en pleine forêt, c'était le must. Un truc original, avait prétendu le marié, et pas cher, avait surenchéri la mariée. La nique aux idées reçues sur le beau mariage et tout le tralala. Biquette avait tenu à la robe blanche pour la mairie, fallait quand même pas exagérer, et Delacroix s'était séparé avec douleur de quelques biffetons pour honorer celle qu'il allait pilonner, plumer, trahir, puis tuer, espérait-il.

La lutte fut sans merci. Biquette était tout sauf une imbécile. Elle comprit dès le lendemain matin, lorsqu'ils se réveillèrent de leur cuite mémorable (une biche blessée y avait laissé sa peau), que son mari complotait. Oh, c'était horrible : la pauvre bête claudiquait, semblait souffrir d'une blessure à la patte arrière. Elle avait voulu, pour son malheur, se rapprocher du petit groupe d'êtres vivants qui se réchauffaient les mains au-dessus d'un feu de bois. Elle cherchait du secours et avait reçu les coups. Ils l'avaient amadouée pour qu'elle s'approche et ait confiance. Épuisé, l'animal s'était laissé tomber sur le flanc. Les amis de Bertrand et Bertrand lui-même s'étaient alors jetés sur la biche et lui avaient flanqué des coups de poing sur le museau. Biquette hurlait Mais fichez-lui donc la paix, vous ne voyez pas qu'elle est blessée ! Ils étaient maintenant une douzaine sur la bête ; les invités du côté de Biquette avaient été tentés par les jeux cruels. Ivres morts, ils pensaient rire en titillant l'animal avec les braises. Biquette était allée pleurer derrière des arbres car elle ne voulait pas assister à la scène finale. Elle connaissait l'issue de l'affaire : la biche serait tuée, dépecée et partagée. Du gibier pour les mariés ! entendait-elle crier. Elle avait pris soin, avant de fuir ses compagnons d'infortune, de s'emparer de la bouteille de vodka. Elle envisagea comme un remède contre la douleur de boire cul sec le dernier tiers. Et elle s'effondra en larmes au pied de l'arbre, souffrant comme une bête elle aussi, mais déjà suffisamment partie pour ne plus avoir peur de rien. Delacroix lui donna des claques pour la réveiller et, lorsqu'elle ouvrit les yeux, il lui apprit que la biche était enfin morte.

Oui, Delacroix complotait, c'était manifeste. Il ne cessait, depuis qu'ils s'étaient rencontrés, de la questionner sur ses enfants. Il tentait de lui extorquer tous les détails des trahisons dont ces sales mômes étaient responsables, la poussait à les détester parce qu'ils étaient indignes d'elle et qu'ils l'abandonnaient lâchement. En deux mots, Biquette se rendit compte que son nouveau mari attendait d'elle un testament qui destituerait les enfants de leurs biens autant que la loi l'autorisait. Ce fut clair en ce matin-là : elle, qui avait réussi à dissimuler ses problèmes d'argent, les lui balança en pleine figure dès leur premier réveil d'époux, après que Delacroix eut prononcé le fâcheux mot « testament ». Elle reçut sa première rouste. Et comme il faut un début à tout, pour la première fois de sa vie ma tante nourrit l'idée du meurtre. Cette fois-ci, il y aurait préméditation. D'autant que, en réponse à son aveu de misère, Delacroix lui expliqua qu'il était ruiné. Elle se dit que lui aussi, en l'épousant, avait espéré qu'elle meure vite. Joli couple. Ils se servirent des verres pour adoucir la situation. C'était tragique, et même un peu comique. Ils vivotèrent en s'épaulant à leur manière ; ils s'étaient trouvés ces deux-là et, entre les coups, les beuveries et les insultes répétées, ils se reconnaissaient, commençaient à s'apprivoiser. Leur seule angoisse était de s'attacher l'un à l'autre. La lutte prit un autre tour : ne pas céder aux sentiments. Ils couchaient ensemble et, physiquement, c'était mieux que ce que Biquette avait connu jusque-là, premier mari et Simon sosie de Charles compris. Mais l'amour n'est pas au sommet de tout quand on a des projets. Ma tante frappa Bertrand sur la tête avec une bouteille à moitié remplie. Bertrand alla à l'hôpital car la blessure nécessitait des points de suture, mais il ne mourut point. À son tour, il poussa Biquette dans un ravin au cours d'une promenade en forêt. Ma tante s'en sortit avec une double fracture à la jambe, mais elle ne mourut point. Ils regardaient la télé ensemble le soir, en buvant leurs bières. (Fini le whisky.) Ils s'écharpaient du coin de l'œil, mais les émissions de variétés les emmenaient ailleurs, leur rappelaient des souvenirs, et ils s'attendrissaient parfois sur leur sort en se laissant aller à des mots, non tendres, mais presque gentils. Le temps passait. Les enfants se tenaient à l'écart, les voisins ne se montraient pas, ils ne recevaient plus jamais de visites. On aurait dit que le monde guettait derrière un rideau l'issue fatale.

Ce fut un soir de décembre que tout se précipita. Delacroix fit une crise cardiaque, et Biquette, embarrassée par l'intrusion d'une nouvelle donnée, hésita à appeler les secours. Il fallait qu'elle réfléchisse. Bon, ce Bertrand, après tout, est-ce qu'il était pire qu'elle ? La réponse prendrait un certain temps car c'était toute sa vie qu'il fallait qu'elle déroule pour en examiner les détails. Elle remit à plus tard l'inspection de son âme. Son mari n'en menait pas large. Il se tordait de douleur, la main sur le cœur, et tentait de prononcer des mots qui ne produisaient aucun son. Biquette prit conscience qu'il partait pour de bon et fut prise d'un accès de panique. Elle composa le numéro du Samu. Le 15, c'était pour les coups durs. Et c'était un coup dur. À bien y réfléchir, ils étaient si pareils tous les deux qu'il semblait à Biquette qu'une partie d'elle-même l'abandonnait. Et puis, c'était le dernier homme, elle n'aurait pas su dire pourquoi, mais elle savait que sa hargne, sa colère, sa révolte, ses raisons de se battre et de vivre seraient emportées avec lui. C'est donc sa propre mort qu'elle se mit à pleurer. Et elle maudit les secours de prendre tout leur temps, de se ficher comme de l'an quarante d'un homme — le sien — en train d'expirer. Elle n'osait plus regarder dans sa direction, tout bruit avait cessé. Elle enfonça ses pouces dans les oreilles, au cas où ça reprendrait, et elle se colla contre la porte d'entrée. Lorsque les hommes du Samu arrivèrent, elle les accueillit en les traitant de tous les noms. Ils s'étaient arrêtés pour boire un canon ou quoi ? On lui annonça qu'il n'y avait plus d'espoir, que son mari était mort. Biquette s'effondra pour de bon. Sa vie était finie.

Deux mois plus tard, elle apprenait qu'elle avait le cancer.

L'erreur

Je ne suis plus appelée par personne. Je tombe dans l'oubli. Je m'en réjouis, pour ne pas m'en désespérer. C'est au point que je discute avec les erreurs de numéro. Je m'aperçois à cette occasion que les gens ne sont pas réticents à une discussion improvisée. On me prend souvent pour la maison mère des cafés Richard. Cela dure depuis deux ans environ, date de l'époque où je me suis installée dans cet appartement. Au début, cela me mettait en rage. J'envoyais sur les roses ceux qui me prenaient pour la patronne. Je n'avais pas que ça à faire. Je travaillais, rapportais des documents à la maison et composais des environnements visuels pour tel ou tel produit pendant les heures ouvrables. Maintenant, quand le téléphone sonne, je décroche en pronostiquant que je vais avoir en ligne un commercial ou un client associé aux cafés Richard. D'abord, je les écoute. Bonjour, je voudrais parler à... Puis, je les accueille. Vous désirez vous adresser à la maison Richard ? Oui, c'est cela. Enfin, je les renseigne sur leur erreur.

Je ne suis pas la personne à qui vous souhaitez parler car vous êtes chez un particulier. Oh, excusez-moi. Non, non, ne vous excusez pas ! Vous n'êtes pas le 01 etc. ? Non, mais ça n'a aucune importance ! Je vous prie encore de m'excuser. Vous travaillez avec cette maison ? Oui, mais je ne vais pas vous importuner plus longtemps. Vous ne me dérangez pas du tout ! C'est vraiment gentil de votre part, mais je vais raccrocher et tenter de faire le bon numéro. Si vous le prenez comme ça, oui, bien sûr, je comprends que votre temps soit précieux. Le vôtre aussi, j'imagine, au revoir, donc. Non, mon temps n'est pas précieux du tout, c'est pour cela que je vous prie de croire que vous ne m'avez pas dérangée un instant, bien au contraire ! Merci, mais moi, maintenant, je dois joindre les cafés Richard sans tarder parce que, sans vouloir vous offenser, mon temps est très précieux. Connard, va ! et je raccroche au nez de l'imbécile.

Je bénis les cafés Richard. Nos numéros sont si proches que les erreurs affluent et animent mes journées.

Un jour, un homme appelle. Je lui sors mon baratin habituel. Il se confond en excuses et je le rassure immédiatement : il ne me dérange absolument pas. Il semble soulagé de tomber sur une personne aimable qui ne l'envoie pas promener parce qu'il a fait une erreur. Aujourd'hui, on se fait agresser simplement parce qu'on a appuyé sur une mauvaise touche. Nous tombons d'accord ; l'ambiance générale n'est pas à la courtoisie. Cependant, il ne veut pas me retenir plus longtemps, si, une chose tout de même : quel est le numéro qu'il vient de composer ? Je le lui indique, il le compare avec le numéro des cafés Richard et, non, il ne s'est pas trompé, c'est bien le même. Je suggère que, peut-être, il l'a mal noté, et dans ce cas il faudrait qu'il se réfère aux pages jaunes. Il me dit qu'il va le faire, me salue, me souhaite une bonne journée, me remercie encore pour mon amabilité, et raccroche.

Et il me rappelle, deux heures plus tard. Moi, pendant ces deux heures, j'ai eu le temps de finir ce que j'avais entrepris. J'ai entièrement repeint les toilettes en violet. Le violet, c'est la couleur préférée de Fanny. Je me suis attelée à la tâche avec un enthousiasme dont je ne me serais plus crue capable. J'étais heureuse donc, impatiente d'assister à la joie de Fanny lorsqu'elle rentrerait de l'école, et je ne songeais à rien d'autre, satisfaite de la pensée qui m'occupait tout entière. Mais il a fallu que ce type téléphone en m'annonçant d'emblée qu'il ne se trompait pas, que c'était bien à moi qu'il désirait parler. J'en fus contrariée. C'était dommage qu'il abîme la scène. Nous n'étions plus dans une situation d'erreur, et c'était beaucoup moins drôle. Nous n'avions rien à nous dire, et je considérais cette conversation qui soulignait la vacuité de l'échange comme profondément dérangeante. Mon temps, s'il n'était pas précieux, n'en était pas moins le mien, et je refusais de le partager avec cette personne. J'ignore quel trou noir m'a traversée pour que j'en vienne à accepter le rendez-vous que l'individu m'a fixé : mercredi vingt heures au Lou Pascalou. Fanny serait avec son père, et j'en conclus donc que j'avais eu une participation active dans l'élaboration de notre entrevue.

Le Lou Pascalou est un café situé à Ménilmontant. J'y allai en traînant les pieds. Cela faisait au moins deux ans que je n'avais pas eu de rendez-vous avec un homme. Il s'était décrit physiquement pour que je le reconnaisse : taille moyenne, yeux bleus, châtain, la quarantaine, un pardessus rouille, et il a ri en disant « rouille ». Je n'ai pas eu le courage de m'appesantir sur l'interprétation de ce rire. C'était un rire à l'opposé de celui de Martine lorsqu'elle m'annonçait ses fractures. Quand elle rit, je suis prise d'un doute, ou d'une douleur, ou d'un haut-le-cœur. Au mieux, j'éclate de rire avec elle. Mais il se passe quelque chose. Avec elle, je saisis immédiatement ce qu'il y a de drôle à se fracasser les côtes ou à entuber les médecins. En revanche, « rouille », je ne vois pas. Et puis, que pourrais-je faire d'un homme ? À supposer qu'il me plaise et que je lui plaise, quoi ? Nous devrions coucher ensemble ? Pas le courage, pas l'énergie. Qu'on me laisse tranquille. J'ai suffisamment de choses sur les bras pour ne pas m'encombrer de la peur d'un ronflement ou d'une mauvaise haleine. Moi et lui dans un lit ? Impossible.

Les marchands à trois francs six sous m'attirent comme des aimants mais je résiste, je ne céderai pas. Le haut de la rue Oberkampf pullule de ces boutiques où les gadgets s'exhibent en pagaille et où les gogos de mon espèce craquent parce que ce n'est pas trop cher, mais 2 € + 10 € + 3 € +5 €, allez, combien ça fait, un p'tit effort : 20 € ! Presque le tiers de mon indemnité journalière ! Ah, ça file vite, quand on y pense. Tout ça pour une bougie décorée qui pue la lavande, des couverts à salade fluorescents qui ne serviront jamais à rien car j'ai horreur d'éplucher une salade, un calendrier chinois dont Fanny arrachera les pages les premiers jours puis qu'elle laissera de côté, et un service à thé dont je n'aurai pas l'usage puisque plus personne ne vient boire le thé chez moi (je ne sers le thé qu'aux invités ; moi, je bois du café). Bref, vous ne m'aurez pas ! Je viens d'économiser 20 €. Pour un peu, je m'applaudirais, puisque je ne peux compter sur personne d'autre pour le faire. Les boutiques, je m'en balance ! On peut vivre sans acheter, se promener sur les trottoirs qui sont à tout le monde sans se laisser distraire par les vitrines, parce que, tout de même, il faut marcher un peu. Ça fait du bien. Ce n'est pas bon de rester chez soi toute la journée. Rentrer d'une promenade que l'on s'est fixée d'un point à un autre permet de se sentir moins démuni, le soir, lorsque l'on retrouve son intérieur. Quelque chose a eu lieu, l'air a passé sur le visage, des images ont traversé la rétine, les bruits ont pénétré dans le cerveau. Je suis heureuse d'être dans la rue Oberkampf, que je redescends d'un pas léger car j'ai décidé de ne pas me rendre au rendez-vous fixé par cet ignoble individu. Quel soulagement ! Et dire que j'étais en train d'y aller, telle la bête se rendant à l'abattoir. Marianne, qu'est-ce qui t'a pris d'être sur le point de te jeter dans la gueule du loup ? Cesse de t'infliger de si grosses frayeurs.

La rue Oberkampf est tout à fait belle lorsqu'on l'emprunte en descendant. Je profite du spectacle et me réjouis d'avoir encore à marcher longtemps avant d'arriver chez moi. Je pourrai alors m'effondrer dans le canapé et dire à haute voix : « Quelle journée ! » Je me délecte du moment à venir, où je prononcerai la phrase en retirant mes chaussures d'un geste las et où je ramènerai mes pieds sous mes cuisses en ayant pris soin auparavant d'installer un coussin pour y poser la tête, et où je répéterai encore une fois, pour le plaisir : quelle journée. Pas de dîner en perspective, plus de dîners jamais, devrais-je dire, mais je ne le dis pas. Quelle journée ! Heureusement que ce soir je ne dois pas me rendre à l'autre bout de Paris pour un dîner. Je n'en aurais pas eu le courage !

Plus de dîners, mais des promenades. C'est bien, c'est bon pour la santé. Parfois, je traîne dans les supermarchés. Je les ai toujours beaucoup appréciés. D'ailleurs, il se passe des choses amusantes, parfois. J'étais d'assez joyeuse humeur ce jour où un homme m'a fait une cour surprenante dans les rayons du Marché U. Pour me séduire, il copiait mon chariot. Je prenais trois carottes, il prenait trois carottes. Je choisissais des pâtes fraîches Lustucru aux trois fromages, il faisait de même, et ainsi de suite. Mêmes yaourts, même vin, même viande, même confiture, mêmes céréales, même liquide vaisselle. J'expérimentai son addiction en jetant une boîte de tampons hygiéniques dans mon caddie ; il s'empara d'une boîte similaire et la lança dans le sien en soutenant mon regard. Je fus prise alors d'un mouvement de panique et décidai de fuir, abandonnant chariot et provisions en plein milieu de l'allée. Je me retournai plusieurs fois pour voir si le tordu me suivait, mais non. Il devait être en train de rire de ma peur et de reposer la boîte là où il l'avait prise. Peut-être aurait-il été amusant de boire un café avec lui, je ne le saurai jamais.

Je hais Martine, qui ne se préoccupe pas de moi. J'aurais pu mourir ce soir, si j'étais allée au rendez-vous au Lou Pascalou. J'aurais suivi l'ignoble individu de bar en bar, je serais montée avec lui dans une voiture qu'il aurait probablement conduite en état d'ivresse. Nous aurions terminé l'effrénée poursuite du plaisir facile et rapide la tête fracassée contre le pare-brise. Pendant ce temps-là, toi, tu es calée devant ta télé en sirotant ta limonade artisanale, tu chantonnes à l'unisson avec je ne sais quel imbécile de je ne sais quelle émission de variétés sans te soucier le moins du monde de ce qui peut arriver à ta cousine. Tu es comme les autres. Tu désires, comme les autres, que je disparaisse dans la nature profonde, que je me taise, que je devienne transparente comme l'eau des lacs, que je me noie clap clap, que je meure sans faire de bruit. Je ne suis plus invitée aux dîners, plus personne ne m'appelle, je suis persona non grata, mais je ne souffre pas, non, tout cela me convient, je me sens bien, tranquille, enfin.

Cette journée, d'une certaine façon, a été trop remplie. Il faudrait que je cesse de répondre aux erreurs.

Champagne !

C'est à l'hôpital que ma tante a claqué les derniers deniers d'un héritage minable qui, s'il avait dû être partagé entre les quatre enfants restants, se serait résumé à quelques bouteilles de vin pour l'une, un autocuiseur pour l'autre, un appareil photo pour un autre encore et un billet d'avion Paris-Londres pour le dernier.

Mais ça, mes p'tits chéris, c'était sans compter ma folle envie de vivre ma vie jusqu'au bout, et sans rien changer à mes habitudes. Ou si, une seule chose : la nature du breuvage. Je me suis serré la ceinture tout ce que j'ai pu en optant pour la Valstar, pour le pastis Cigalis ou Leader Price quand les temps étaient durs, pour du rouge tout ce qu'il y a de plus ordinaire, il serait temps maintenant que je pense à me concocter une petite retraite bien peinarde à boire ce dont je me suis toujours privée : du champagne ! Et pas du Leader Price, je veux de la Veuve Clicquot. Le Ruinart, ça fait snob, mais la Veuve, je l'ai bien méritée ! J'ai été Veuve sept fois, ça se fête !

Le service de cancérologie dans lequel était hospitalisée ma tante ne voyait pas d'un très bon œil le trafic auquel se livrait Biquette. Martine, qui avait renoué avec sa mère depuis qu'elle avait appris l'horrible nouvelle, se chargeait de satisfaire les envies de champagne de Biquette. Elle était fière parce qu'elle avait accès au code de la Carte Bleue. Cette marque de confiance était la première qu'elle obtenait de sa mère. C'était pour la bonne cause. Trinquer dans des flûtes en verre ciselé (un cadeau de mariage que Biquette n'avait jamais eu l'occasion d'honorer avec son dernier mari) était une petite fête en soi. Et il aurait pu y avoir du muscadet dans les verres, c'eût été beau quand même. Mais c'était du champagne, du vrai, du bon, du cher. Plus de 200 F la bouteille !

La première fois que Martine entra chez Nicolas, c'était un mardi. Elle avait l'impression de pénétrer dans un sanctuaire réservé aux richards prêts à dépenser une fortune pour atteindre l'état d'ivresse. Il fallait vraiment être croyant pour claquer autant d'argent dans la vinasse. Tout de même, le lieu l'impressionnait. Elle était entrée la tête haute, faisant mine de réfléchir, s'était attardée devant les vosne-romanée, avait pris en main un mouton-rothschild dont elle s'était mise à examiner l'étiquette avec suspicion, l'avait reposé avec dédain et avait semblé hésiter. Le caviste, inquiet de voir une probable SDF fouiner parmi ses meilleurs vins, s'était approché d'elle. Je peux vous renseigner ? Ben non, je regarde. Je peux peut-être vous conseiller en fonction de la viande que le vin devra accompagner. Il n'y aura pas de viande, boire ou manger, il faut choisir ! J'ai pas les moyens de faire les deux. Le caviste avait rejoint sa caisse et se tenait prêt à prévenir la police. Il ne savait sous quel prétexte il téléphonerait, mais sa main caressait le combiné ; il avait besoin de se rassurer. Finalement, Martine se planta devant lui et lui demanda de lui sortir du frigo un Veuve Clicquot. Et vous payez comment ? Par chèque, par carte ? s'inquiéta le poltron. Espèces ! lança Martine en sortant de sa poche de survêtement trois billets de 100 F. Le type obtempéra, ouvrit le réfrigérateur et sortit la bouteille. Il l'enfila dans un carton et demanda s'il fallait un emballage-cadeau. Et comment, dit Martine d'une voix dure et en fichant son regard dans le sien. À ce prix-là, il ferait beau voir qu'on me refuse du papier-cadeau ! Le caviste hocha la tête et s'exécuta. Puis il prit les billets, rendit la monnaie et attendit que la poivrote ait franchi la porte pour souffler. Caviste, se dit-il, est un métier à risques.

Dans le service où était admise ma tante, donc, l'apéro de six à huit ne s'inscrivait pas dans les us et coutumes de l'endroit. Biquette usa de stratagèmes sentimentaux pour faire admettre aux infirmières qu'elles devaient fermer les yeux, par humanité, par pitié, par respect pour sa pauvre vie qui s'achevait (tout le monde savait que Bernadette Delacroix était condamnée), pour l'amour de Dieu dont elle était l'enfant malade (elle ne contrôlait plus ses paroles), pour faire plaisir à une femme qui n'avait jamais bu de champagne en compagnie de sa fille ; c'était l'occasion rêvée pour se retrouver avant de se dire au revoir. S'il vous plaît !

Biquette dut se battre. Et quand elle comprit qu'elle n'obtiendrait pas gain de cause en baratinant les infirmières de la clinique, elle opta pour une grève de la faim. La carne tint bon. Elle arracha les perfusions censées prendre le relais des repas. Psychologues, médecins et assistantes sociales se relayèrent à son chevet. Elle perdait ses forces, refusait de parler. Seul le mot « champagne » s'échappait de sa bouche de moribonde. Une réunion fut organisée autour de son cas, d'où il ressortit qu'au point où on en était, mieux valait se plier aux caprices de cette femme exténuée et en fin de course que d'avoir un suicide sur la conscience. Car, après tout, Bernadette Delacroix était seule dans sa chambre et, le soir, il n'y avait que sa fille pour lui rendre visite. Les autres visiteurs passaient avant six heures ; pas de trace de bouteille ni de verres. Personne n'aurait vent de l'autorisation exceptionnelle qu'elle aurait obtenue. On décida donc qu'une seule bouteille serait autorisée par soirée. On en profita aussi pour rappeler les règles : ne pas hurler pour un oui ou pour un non, surveiller son vocabulaire, ne pas monter le son de la radio.

Biquette promit et promit encore. Lorsqu'elle

apprit l'heureuse issue de l'affaire, elle eut la force de se redresser pour saisir la main de Maria, son infirmière préférée, et de la baiser. C'était presque un peu gênant. Elle demanda dans un souffle que l'on prévînt sa fille et elle accepta d'ingurgiter le potage du soir. Il fallait y aller doucement, on ne revient pas à la vie en deux coups de cuillère à pot. On lui demanda de patienter une semaine afin qu'elle se remette tout à fait de sa diète, et le champagne fut prévu à six heures du soir un mardi. Naturellement, le staff du service refusa l'offre que lança Biquette de venir trinquer à sa santé. Mais un sourire flottait sur toutes les lèvres, comme si chacun se réjouissait à l'idée de la fête imminente qui se préparait chambre 18. Martine avait tout prévu : la Veuve, bien sûr, mais aussi les petits bretzels salés que Biquette appréciait tant.

Ce soir-là, Martine, plus fille qu'elle ne l'avait jamais été, heureuse d'être enfin celle dont le bonheur de sa mère dépendait, pénétra en relevant tête et torse dans la chambre 18. Elle se tenait droite malgré ses vertèbres abîmées, faisait des efforts pour rentrer le ventre. Elle avait pris l'ascenseur, même pour un étage. On profite, on s'en fout. Dans son sac Nicolas, la bouteille et les petits gâteaux salés, les deux coupes en verre ciselé qu'elle avait emballées dans du papier journal et une photo d'elles deux prise devant le perron de la maison de Barbizon. Elle l'avait retrouvée en cherchant les verres, ce qui l'avait obligée à fouiller dans ses vieux cartons.

Ça lui ferait plaisir, à la vieille, de se remémorer les temps anciens où elle régnait en maître sur ses enfants.

Biquette l'accueillit en grimaçant. C'est quand même un monde d'arriver en retard un jour pareil ! Martine jeta un regard au réveil posé sur la table de nuit : 18 h 15. Elle regarda sa montre : 18 h 00. Il y avait un truc qui clochait. L'éclat de rire qui retentit comme des claques sur les oreilles apporta la réponse : sa mère avait trafiqué les aiguilles pour lui faire une bonne blague. Martine rit avec Biquette, parce qu'elle n'avait pas le choix, que c'était un beau jour qu'il ne fallait pas gâcher, une heure attendue depuis des semaines, l'aboutissement d'une lutte que sa mère avait menée en engageant sa vie, de vraies retrouvailles dans l'alcool, mais attention... pas n'importe quelle piquette ! Martine sortit la bouteille lentement, en faisant glisser le verre contre les parois du carton. Veuve Clicquot Ponsardin, lut Biquette en détachant les syllabes. Quel nom ! Elles se passèrent la bouteille, l'examinèrent, la soupesèrent. Elle a pas l'air commode, la veuve, constata encore Biquette en hochant la tête. Tu ne me diras pas, c'est quand même une drôle d'idée d'appeler son champagne « Veuve ». Ça lui a rapporté un paquet de pognon, à la vieille, de fêter la mort de son mari ! Faut toujours que tu critiques tout le monde, ne put s'empêcher de dire Martine. Oh, si on peut même plus plaisanter sur le dos d'une veuve qui a passé sa vie à toucher des royalties, autant aller se coucher tout de suite! Mais pas avant de boire! ajouta Martine qui avait vraiment à cœur de ne pas gâcher la petite soirée. Arrêtons de jacasser et passons aux choses sérieuses, dans ce cas. Sors les coupes et ouvre-moi cette bouteille, qu'on en finisse!

Le bouchon sauta enfin. Le bruit fut à la hauteur de l'événement tant attendu et la bouteille déborda. Eh! minute papillon, on va pas te laisser filer comme ça! Les coupes furent remplies à ras bord. Martine et Biquette regardaient les bulles. Ça me rappelle des souvenirs, dit Biquette pour elle-même. Et elle semblait partie loin, là où sa fille ne l'avait pas connue. Se fit dans la chambre un silence que le vacarme des chariots venant du couloir rendait plus précieux encore. C'était un moment doux et apaisé. Elles prenaient leur temps, les yeux rivés au liquide doré qui s'agitait dans leurs coupes. Elles assistaient à une vie qu'elles n'avaient pas vécue, qu'elles auraient pu vivre, qu'elles auraient *dû* vivre si les choses avaient tourné autrement. Mais quelles sont ces choses auxquelles on pense avoir droit et qui n'arrivent jamais? Ni Bernadette, ni Martine n'auraient pu le dire. Et elles n'avaient pas tout raté puisqu'elles étaient ici, prêtes à boire du champagne, et que leurs deux solitudes prenaient fin à cet instant : Trinquons!

Elles trinquèrent.

À nos retrouvailles!

À la Veuve!

À ta fille !

À Jacques !

Oh, oui, à Jacques, mon amour, mon préféré, mon petit poulet que j'ai laissé mourir sans lever le petit doigt.

Ne dis pas ça, maman.

À cet enculé de Maurice !

À Michel Sardou !

À Charles Aznavour !

À tes frères et sœur ! C'est vrai, après tout, eux aussi ils ont morflé. Tu verrais leur tête quand ils viennent me voir... Je sens que je ne leur ai pas fait que du bien.

À la vieille !

La vieille, tu veux dire Pépée ? Celle-là, elle est bien où elle est. Et si je la croise au tournant d'un nuage, je peux te dire qu'elle fera rapidement demi-tour.

C'est quand même ta mère.

Une mère qui ne prévient pas sa fille qu'elle est sur le point de clamser ? T'appelles ça une mère ? Elle n'en avait que pour l'autre, sa fifille chérie. Celle-là, c'est pareil, qu'elle ne vienne pas me chatouiller quand j'avalerai ma soupe entre deux saints.

Allez, on essaie de trinquer à la santé de quelqu'un qu'on aime bien, qui est en vie, et qui n'est pas une star de la chanson française ?

Il est compliqué ton jeu.

Ouais, t'as raison. C'est un casse-tête.

Eh, on a déjà bu tout ça ?

Le champagne, ça coûte la peau des fesses et ça coule tout seul.

Une véritable arnaque, ce truc.

Un truc de riches.

Un piège à cons, tu veux dire.

Ressers-m'en une goutte.

C'est bon quand même. J'en veux tous les soirs, tu m'entends ? Et si tu es brave, c'est à toi que reviendront les bouteilles que je t'autorise à acheter le jour de ma mort avec ma carte. Faudra te dépêcher avant qu'ils coupent mon compte en banque. Mais tant que je suis en vie, je veux que ma fille boive du champagne tous les jours à mes côtés ! Ben quoi, tu chiales ?

Non, je ne chiale pas. Mais tu ne m'as jamais parlé aussi gentiment.

Eh, t'arrêtes un peu ton char ? Tu ne vas pas jouer les martyres, avec moi, ça ne marche pas.

La porte s'ouvrit sur le chariot du soir. L'infirmière qui entra fut refroidie par les deux paires d'yeux qui la fixèrent avec colère. Elle n'en fit pas moins son travail : la tension, la température, les cachets pour la nuit, et l'infirmière de nuit prendrait le relais. Il faudrait tout de même songer à cesser de boire, s'obligea-t-elle à conseiller. Prescription médicale ! répondit Biquette en éclatant de rire. Pauvre femme, pensa l'infirmière, quelle déchéance. Et elle quitta précipitamment l'ambiance délétère de la 18.

On en était où ?

À trouver des gens à la santé de qui on pourrait boire.

À Jacques !

Ah non, maman, on ne va pas recommencer !

Tu ne l'aimais pas, ton frère ?

Je l'adorais.

Moi aussi, je l'adorais. C'est celui que je préférais de vous cinq.

Merci, maman, t'es délicate.

Y a du mal à dire la vérité ?

Non, j'ai hérité de ta franchise, et ça ne m'a pas toujours rendu service.

Nous, on dit ce qu'on pense et on emmerde le monde entier ! Champagne !

Il n'en reste vraiment plus que trois gouttes.

Une pour toi, une pour moi, et une pour Jacques !

Biquette se mit à geindre. Son ventre la faisait atrocement souffrir. Elle souffrait depuis longtemps déjà, mais la douleur était devenue insupportable. Et malgré l'ivresse, malgré la présence de sa fille, malgré une nouvelle vie qui commençait, le cancer était là.

— Maman !

Le crabe sort ses griffes, ma chérie, parvint à prononcer Biquette entre deux souffles. « Ma chérie ». Martine n'avait pas rêvé. C'était la première fois. La douleur l'amollissait et lui faisait dire des mots qu'elle n'avait jamais prononcés. Martine y vit le signe d'une grande faiblesse et, complètement désemparée, appuya sur la sonnette. L'infirmière revêche revint, mais cette fois-ci nulle paire d'yeux méchants ne l'accueillit, seulement des regards suppliants. Ma mère va très mal. L'infirmière se retint de prononcer des paroles désagréables, mais elle indiqua la bouteille du menton, et ses mots absents claquèrent aux oreilles de la fille, qui se sentit coupable, triste que tout se termine toujours aussi mal, pour une fois qu'on s'amusait bien. Elle attrapa la bouteille et la fourgua dans son sac, alla laver les coupes pendant que l'autre se penchait sur Biquette.

Dans la salle de bains, elle se vit dans la glace. Le portrait craché de sa mère. Elle savait ce qui l'attendait. Mais cela ne la troubla pas. Il n'y avait aucune raison pour qu'elle ait plus de chance. Martine ne se tenait plus droite. Ses vertèbres la faisaient souffrir. Rentrer le ventre et bomber le torse lui semblait la chose la plus futile au monde. Son ventre débordait et ses seins tombaient, et alors ? Y a que les connes qui rentrent le ventre et qui bombent le torse, dit-elle à voix haute pour ne pas entendre les gémissements de sa mère de l'autre côté de la cloison. Demain, ça ira mieux, s'entendit-elle dire ensuite, et puis voilà, elle parlait toute seule, dans la salle de bains. Pour un peu, elle se serait mise à chanter. Elle s'assit par terre, prit sa tête entre les mains et convoqua des souvenirs rigolos. Ils peinaient à venir. Le temps passa et l'infirmière frappa à la porte. Madame, vous êtes là ? Ouvrez, s'il vous plaît ! Martine ouvrit. Votre mère va mieux. La crise a passé, mais il serait préférable que vous la laissiez se reposer.

— Maman !

Martine s'approcha du lit. Mais Biquette avait les yeux fermés. Elle semblait ne plus avoir mal, mais son visage était défait. Martine la prit dans ses bras, l'embrassa, l'embrassa, et l'embrassa encore. Ça suffit tout ce cirque, rentre chez toi, et n'oublie pas : demain à la même heure avec une Veuve. Tu promets ? Je promets, maman. Va, maintenant, et ne te saoule pas toute la nuit, promis ? Je ne promets pas. De vagues sourires, rires et soupirs s'entremêlèrent alors, et Martine dit au revoir à sa mère. C'était bien, hein ? Oui, c'était bien.

Dans la rue, Martine se souvint qu'elle avait oublié de sortir les bretzels du grand sac. Il fallait toujours qu'elle fasse les choses à moitié.

Les grands projets

Je viens d'ouvrir un sancerre 2007 que je gardais en réserve pour un bon repas avec mes invités. Fuck off les invités, je vais profiter de cet excellent vin qui se boit tout seul toute seule. Je n'attends plus de nouvelles de Martine. Je me souviens à peine de ce qu'on s'est dit lors de notre dernier appel. Il devait être tard, elle avait forcément bu, et j'avais forcément bu. Cela peut expliquer de petites défaillances au niveau de la mémoire. Je m'étais pourtant juré ce soir de regarder la télé. Mais, rien à faire, je n'y arrive pas. Je pense à elle nuit et jour au point que je ne sais plus à qui je pense. Imaginer ma cousine et m'occuper de ma fille sont les seules activités qui me restent. Battre la mesure avec mon bras pour orchestrer le temps qui passe sans écouter de musique. Je ne réponds plus aux erreurs. De cela je me prive aussi. Je compte l'argent. Je fais des calculs à peu près trois fois par jour. Je perçois les allocations chômage et j'en suis très heureuse. Je mets des post-it partout dans la maison pour ne pas oublier de déclarer que je n'ai pas travaillé, que je ne fous rien, que je vis aux crochets de la société, et ce chaque 28 du mois. Fanny pense que c'est un jeu de piste. Elle retire les petits papiers et me les apporte en me demandant ce qu'on doit gagner. Je ne hurle pas, je lui demande de les recoller là où elle les a trouvés, en fait c'est ça le jeu. Un jeu de mémoire. Remets-les *exactement* là où tu les as pris. Fanny fait des efforts, parfois elle se trompe, mais je ne lui en veux pas. Elle est ma Fanny chérie pour la vie entière quoi qu'elle fasse et quelles que soient ses erreurs. Je n'ose plus parler d'elle de peur de l'abîmer. Je me mets à craindre les mots que j'organise en phrases pour mes pensées qui m'habitent et occupent mes journées. Je devrais écrire. C'était ça, le projet. Rhinocéros. Le projet Rhinocéros. Tu as pris des notes, souviens-toi. Où est le cahier ? Bon sang, où as-tu bien pu le planquer ? Allez, cherche, vas-y le chien, fouille partout dans la maison. Allez, renifle, il n'est pas loin. Où l'as-tu enfoui ? Sous quelle pile ? On ne peut vraiment pas te faire confiance ! Calmons-nous. Reprenons. Un verre d'abord, mes esprits ensuite.

Le cahier reste introuvable. Je mets *Gimme Shelter* des Rolling Stones. J'en attends une transmission d'énergie, un sursaut de lucidité qui me ferait tout arrêter : l'alcool, les cigarettes, la passivité, la tristesse, la solitude, la dépression, et tout recommencer : une vraie recherche d'emploi, une vie sociale, des vacances au grand air, la quête d'humeur joyeuse, un mari et du talent. Mais la chanson se termine et rien ne se passe. Il suffit de le vouloir très fort, et ça arrive, me disait-on quand j'étais petite. Je voudrais très fort trouver un emploi, avoir une vie sociale agréable, partir en vacances dans de beaux endroits, être d'humeur joyeuse et écrire des livres. Rien ne se passe. Je recommence : je voudrais ne pas être au chômage, ne pas être fuie par tout le monde, ne pas renoncer aux vacances avec Fanny dans de beaux endroits parce que je n'ai pas assez d'argent, ne pas porter sur le visage la fatigue et la peine, ne pas faire le constat que je ne plais plus à personne et que je ne suis pas capable d'écrire une ligne.

De quoi te plains-tu ? Tu as un toit, des indemnités, une fille magnifique.

Tais-toi, Martine.

Je me plains. Je ne cesse de me lamenter. Et les oreilles viennent à manquer car les oreilles n'en peuvent plus de supporter mes plaintes. C'est toujours la même chose. La seule avec laquelle je retiens mes jérémiades, c'est Martine. Je n'ai pas le droit de lui dire que je manque de tout. Pour elle, j'ai tout. Et lorsque je m'adresse à elle, je sais que je possède ce qu'elle n'a pas. Hormis l'homme. Elle a l'homme, elle a les coups parfois, la proximité toujours, et la télé quand elle n'en peut plus de fatigue et qu'il ne veut pas éteindre. Elle a sous les yeux tous les jours l'homme qui lui a sauvé la vie, qui le lui répète en boucle. Elle ne doit plus en pouvoir d'avoir été sauvée par Lucien, de lui devoir cette vie de merde qu'elle abîme autant qu'elle peut pour en finir et pour se retrouver un jour dans la chambre 18 avec la Chiasse qui, si elle est bonne comme elle-même l'a été avec sa mère, lui apportera du champagne pour fêter son départ.

Pour Martine, je suis reine en ce monde. À ses yeux, je suis l'image de la réussite. Et puisque c'est comme ça, je ne vais pas lésiner sur le papier WC ! Du Moltonel, mon préféré ! J'attrape douze rouleaux que je fourre dans le chariot avec le sourire aux lèvres. Je transgresse. Un jour, peut-être, cela ne me fera plus sourire. Un jour, peut-être, pleurerai-je pour de bon en me rendant compte que je ne peux vraiment plus m'offrir du Moltonel. Ni offrir à Fanny ses Actimel. Un jour, peut-être, ne rigolerai-je plus avec l'idée que le papier WC est un symptôme. Un jour, peut-être, comprendrai-je vraiment ce que c'est que manquer d'argent. Les restaurants, je m'en passe. Les habits, je m'en passe. Les vacances, je m'en passe. Mais, un jour, peut-être, apprendrai-je à me passer de Moltonel, d'Actimel, de Demak'Up, de bougies anti-tabac en tout genre, de Gaspacho en bouteille, de clémentines sans pépins. J'erre dans les rayons du Marché U avec mon chariot et mes douze rouleaux de Moltonel. J'ai la tête qui tourne et envie de vomir. Il faut que je sorte. Très vite. Je me précipite vers la sortie et dégueule dans la rue sous le regard du type assis à l'entrée qui, la main tendue, espère récupérer quelques sous.

Je fonce chez moi. Je suis en rage. Je me mets à hurler. Je pleure, je hurle, je pleure, je hurle, je me fous des voisins et de leurs oreilles de fouines. Je hurle. Je ne veux pas vivre ici. Je hais la France. J'ai honte d'être française. Je hurle. J'ai honte d'être française. La France me fait honte. Je ne veux plus vivre ici. Je hurle et je pleure. Je suis ridicule, une petite Française qui a honte d'être française parce qu'elle ne peut plus s'acheter du papier WC Moltonel. Je pleure parce que je ne peux pas écrire. Je pleure parce que je sais qu'écrire ne changera rien, qu'il faut prendre les armes et se battre, mais le mot « révolution » est tourné en dérision alors même que tout est présent sous nos yeux pour que nous la fassions, la révolution. Je hurle. Je veux faire la révolution. Je me fous complètement de me torcher le cul avec du Moltonel. (Ça fait du bien d'avoir enfin les idées claires.) Je me fiche de donner à ma fille des Actimel ou des Yoplait. Je voudrais emmener Fanny avec moi dans une lutte qui dépasse les quelques manifestations auxquelles je l'ai traînée et qui l'ont laissée pantoise quoique amusée parce que les autocollants disaient parfois des gros mots. Je hurle. J'aime la France parce que je suis française et que je n'ai pas d'autres origines auxquelles me raccrocher. Mais je ne veux plus vivre ici. La révulsion m'emporte. Je me penche à la fenêtre et pense à sauter. J'ai envie de mourir. J'ai envie de me soustraire à cette société qui ne ressemble plus à rien. Je n'ai pas bu. Je suis complètement lucide.

Je veux mourir. Je ne me plains plus. Je ne suis pas à plaindre. J'ai un deux-pièces, une petite fille adorable, des indemnités chômage, et des vestiges vestimentaires : pompes Prada, montre Gucci, imper Burberry, j'ai bien vécu et claqué tout mon fric dans les produits de luxe pour ne pas ressembler à ma mère qui portait en permanence son ensemble jean délavé, usé aux coudes et aux genoux au point qu'on voyait la trame du tissu. J'ai une figure potable quoique très marquée, un corps qui, habillé, fait encore illusion. Je n'intéresse plus personne, hormis ma petite fille. Je hurle. Mes amis sont des gens du passé. Ils ne me téléphonent plus, parce qu'ils ne peuvent rien faire pour moi. Ils partent en vacances, et je hais leurs pistes de ski ou leurs îles lointaines où il est si agréable de décompresser un peu. Ils savent que les vacances me ploient. Ils m'évitent avant leur départ, m'évitent à leur retour, puis finissent par m'éviter tout court.

Je hurle. Il faudrait que quelque chose advienne. Peut-être la révolution. Oui, mais plus tard. C'est maintenant, tout de suite, que je dois tenter quelque chose. Le cahier, où est le cahier ? Il faut que j'écrive. Je n'ai pas avancé. J'ai les trois premières pages et l'épisode des diables. C'est peu. Où est ce maudit cahier Rhinocéros de m... Je ne le trouve nulle part. C'est l'urgence, trouver les quelques notes que j'ai prises, je ne me souviens plus lesquelles, oh, pas grand-chose, des petites phrases, pas plus de quatre ou cinq pages, ça ne m'aidera pas beaucoup, mais chercher m'occupe, et puis, si je cherche bien je trouverai. Ça va être l'heure de l'apéritif. Six heures. Encore un peu tôt, tiens au moins jusqu'à la demie, cherche encore. Le temps passe à déplacer les objets, à me pencher, à me mettre à quatre pattes pour regarder sous le lit, petit petit, allez, viens, n'aie pas peur, montre-toi. Et six heures et demie arrivent enfin. Je me dirige comme une automate vers l'armoire où je sais qu'une bonne bouteille attend. C'est un sancerre rouge 2007 que je destinais à un repas où des amis seraient là, et où l'on parlerait gentiment autour d'un plat en buvant du vin. Je débouche la bouteille et me sers un verre. Le sang se remet à circuler dans mes veines ; je refais surface.

J'ai retrouvé le cahier Rhinocéros. J'avais imaginé un matériau plus riche, plus intéressant que les pauvres indications que j'y ai trouvées. Je recopie quelques bribes :

— Ma mère m'a laissée seule avec Jacques ; il fallait qu'on aille voler pour manger.

— À quatorze ans, j'étais recherchée par les flics.

— Mon père m'a ramenée du terrain de chevaux en me traînant par les cheveux.

— À dix-neuf ans, j'ai acheté ma maison et j'ai pondu ma fille.

— Je suis mal vue des personnes que je ne connais pas, qui m'incriminent, qui me détruisent, enfin, non, elles n'y arriveront pas.

— Mon petit frère m'a emmenée à Vie Libre,

une association pour les alcoolos. Ils étaient tous en train de causer, je me demandais ce que je foutais là. Ils faisaient les guignols en s'excusant d'être saouls du matin au soir. J'y suis allée deux ou trois fois, et j'ai décidé que ça suffisait. Discuter d'alcool, ça me donnait envie de m'en envoyer un dans le gosier. Stop les conneries.

— J'ai passé un an et demi à l'hôpital de Rambouillet. J'avais la même chose que Guillaume Depardieu, des... comment ça s'appelle déjà ? Ah, oui, des staphylocoques dorés. Le mot, il est beau, mais il fait crever. J'ai frôlé la septicémie.

— La pommade Cochon, il ne faut pas en mettre trop. Tu l'appliques, puis tu colles un pansement là où tu as mal. Pour les cors au pied ou pour les verrues, c'est parfait. Moi, je n'utilise que ça parce que j'ai les pieds dans un état ! Efficace et pas cher, c'est ce qu'il me faut !

— L'alcool, ça détruit les personnes et ça n'a rien d'humain. Sous des allures gentilles, c'est méchant, comme souvent dans les rencontres qu'on fait avec les gens.

— Quand ils ont tous voté Chirac au deuxième tour, je me suis dit qu'on était vraiment dans un pays de lâches. Bon, en même temps, j'y croyais pas trop. Mais cette fois-ci, j'y crois. Pour dire Y en a marre, c'est le seul moyen. Et puis, qu'est-ce que tu veux, je l'aime bien, moi, Marine. Ça se discute pas.

— Mes chaussures, ça fait trois ans que je les ai. C'est les seules dans lesquelles je sois bien.

Parce qu'avec mes cors, je ne peux pas mettre n'importe quoi. Je les ai payées 65 €. Tu te rends compte ? Mais ça valait le coup. Le cordonnier, il sait qu'il doit les remettre d'aplomb en une journée seulement. Parce que, comment je fais pour sortir sinon ? Eh ben, je reste à la maison !

— Biquette a pris sa préretraite en 1974. Les maternelles, elle en avait sa claque. Et puis, on l'a un peu poussée à partir. Les parents se plaignaient de je ne sais quoi, qu'elle aurait bu parfois. Les parents, quand il s'agit de leur progéniture, ils ne cherchent pas à savoir plus loin. Ça rend débile, quelquefois, d'être parent.

— Mon père, je ne le connaissais plus. Je ne l'ai jamais revu. Sa mort, ça m'a fichu un coup, bien sûr, mais il ne pouvait pas me supporter, même en peinture, alors...

— J'ai toujours été bonne en orthographe. Ça aide pour les lettres de réclamations. Quand tu ne sais pas écrire, on ne te prend pas au sérieux.

— La voisine d'en face, elle s'achète des fanfreluches. Elle pleure misère dès qu'on la rencontre, mais faut voir tout ce qu'elle dépense en talons hauts et j'en passe !

C'est à peu près tout. J'ai noté aussi des mots comme Sopalin, Radio Nostalgie, photo encadrée de Michel Sardou, Oui-Oui. Des petites choses sans importance pour me souvenir du lieu, et de l'ambiance.

J'ai jeté les notes que j'avais prises sur le carnet Rhodia au cours de ma première visite. Ces mots, m'étais-je dit après relecture et tentative vaine d'échafauder une histoire à partir d'eux, je les avais arrachés sous le prétexte d'un livre. Dégueulasse, m'étais-je encore dit au cours d'une de ces nombreuses soirées où j'ai ruminé la possibilité de grattouiller les plaies de la famille Maillard.

Mais j'en reviens toujours à la même obsession : un sang commun coule dans nos veines, que je voudrais recueillir et analyser dans mon petit laboratoire. Martine et Marianne. Nous commençons par la même syllabe. « Mar », y en a marre... Non, ça ne marche pas. Je ne ferai rien de tout ça. Si ma cousine ne m'avait pas vue à la télévision, je n'aurais plus jamais eu de nouvelles d'elle. Et je ne serais pas là à tenter de comprendre des liens qui n'ont pas existé. Que faire d'une famille quand on a passé sa vie à se passer d'elle ? S'inventer des souvenirs ? Fabriquer une cousine, la doter d'un alcoolisme aigu, d'un sentiment nationaliste écœurant, l'accuser d'être une mauvaise mère, pleurer sur sa misère ? C'est ça, la famille ? Où sont l'amour, la fratrie et la transmission des valeurs de génération en génération ? Où sont les maisons de campagne où l'on se réunit tous à l'occasion des vacances, de plein gré ou un peu forcés, où l'on se plaint chaque année davantage du temps qui passe, où les griefs, parfois, gâchent un peu les choses, mais où l'on est chez soi ? Ne pas se poser la question de quoi faire à Noël, dans quelle famille d'adoption atterrir pour que ce soit un peu moins lugubre qu'un tête-à-tête avec sa fille.

C'est drôle, tout de même, que tu m'aies téléphoné ce soir d'octobre. Tu as transformé ma vie et ma vision du monde en quelques secondes. Je me suis vue en toi, malade et fatiguée, parce que tu es tombée à pic. Soudain, je pouvais être toi. Je suis toi. Je me brise sans me casser les os. Je bois comme un trou, comme toi. Je ne peux plus utiliser du Sopalin sans peser le pour et le contre de l'emploi que je m'apprête à en faire. Je me suis mouchée l'autre jour dans un carré que je venais d'utiliser pour chasser les miettes de la table de la cuisine. Je me suis un peu dégoûtée de t'imiter en cela. J'adore entendre les messages que tu laisses parcimonieusement sur mon répondeur. Je les réécoute dix fois, vingt fois, et je me dis : C'est ma cousine, la nièce de ma mère, la fille de ma tante. Je me sustente du possessif, j'en ai plein la bouche. J'aime ta voix traînante et tes informations sur la crève infernale qui vous a cloués Lucien et toi au lit pendant trois jours. Je t'aime, Martine. Ces mots me raclent le palais, mais je les prononce. Je t'aime. Et je n'y peux pas grand-chose. Notre grand projet n'aboutira pas, mais c'est tout comme. On s'en fout des choses qui arrivent ou qui n'arrivent pas. On vit, on supporte, et on voit ce que ça donne. J'aurais voulu t'offrir une belle histoire, mais rien n'est beau en ce qui nous concerne, admets-le. Nous sommes des petites-filles de Pépée la guenon, une grand-mère qui a perdu son mari à l'âge de quarante ans à peine, qui s'est durcie comme la glace, nous a filé la trouille au corps et une sacrée rage de survivre. Mais vivre, non. Nos mères ont pâti de cette éducation dure et sans affects. Et nous sommes les filles de nos mères. Toi, tu parles encore à la tienne lorsque les chansons d'Aznavour passent à la radio, moi je pense à la mienne quand j'entends Barbara. *Dis, quand reviendras-tu ?* Je te l'avoue, ces paroles me font croire qu'elle reviendra, et elle me rejoint parfois, mais nos rencontres sont fugitives et ne se passent pas toujours bien.

— Maman ?

Ma pauvre chérie, il faudrait vraiment que tu songes un jour à couper le cordon.

Voilà ce que me dit ma mère quand, par miracle, elle vient vers moi. Tu vois, c'est un peu pathétique. Finalement, je t'envie. Toi, quand tu entends *La bohème*, tu es *vraiment* avec elle.

Tu sais, Martine, je n'ai pas les mots justes pour dire la misère qui te colle à la peau et que tu exhibes pour que je la voie bien, que je l'entende, que je la livre au monde entier. Tu me faisais confiance. Tu as lu dès le lendemain les trois premières pages que j'ai écrites sous le coup d'une émotion forte la veille. Tu m'as dit « Fonce ! ». Ta voix était éraillée et rageuse à la fois. Ton « Fonce » m'a donné la chair de poule. Je ne l'oublierai jamais. « Fonce » est gravé en moi comme une injonction qui m'oblige à me lever chaque matin, à entamer la journée à venir, si pénible parfois à envisager, si difficile à traverser, mais « Fonce » force ma résistance, me pousse en avant, ne me laisse pas une minute de répit. La vie, la vie, la vie. Allons-y, continuons, poussons, et puis on verra bien. Tu partages cette vision des choses, non ? On n'est pas toutes seules. On est ensemble. Et chaque jour qui passe nous rapproche davantage. C'était peut-être ça, le grand projet.

La mort de Biquette

Biquette attendait sa fille en mordant le coin de son oreiller. C'était un soir d'octobre. Le ciel était encore étrangement clair et un avion traînait derrière lui un fil rose. Biquette luttait contre le dégoût que lui inspirait l'idée du champagne. Cela faisait déjà quelques jours qu'elle se forçait à boire pour ne pas laisser voir à Martine que c'était la fin. Mais c'était la fin, elle le savait, plus sûr que deux et deux font quatre. Elle souffrait malgré la morphine et vomissait tout ce qu'elle avalait. Dans son ventre, c'était un beau carnage. Ça se baladait dans tous les sens sans lui demander son avis et la dévastait de douleur. Elle transpirait, peinait à se redresser, maudissait les perfusions qui entravaient le peu de gestes qu'elle était encore capable de faire, ne supportait plus ni radio ni télé, ni même qu'on vînt la voir. Elle avait demandé que les visites soient suspendues pour le moment, hormis celles de sa fille Martine. Elle ne prenait plus les appels téléphoniques et finit même par ordonner qu'on lui coupe la ligne.

Les trois autres enfants pleurèrent de ne plus pouvoir lui parler. Ils prenaient des nouvelles en appelant le pool des infirmières, et les infirmières répondaient inlassablement : Son état est stable, mais elle ne va pas bien. Ils se relayaient pour venir la voir malgré l'interdiction et, quand Biquette les apercevait sur le seuil de la chambre, elle secouait la tête pour dire non, leur lançait un baiser en soufflant dans leur direction, essayait de sourire. Elle les aimait, ces idiots, mais il aurait fallu voir leur tête si elle leur avait demandé de l'alcool comme cadeau d'adieu ! Martine, elle, elle la comprenait. Elles s'en étaient fait voir de toutes les couleurs, mais les chats ne font pas des chiens, comme disait Pépée. Le fil rose s'était estompé et la nuit menaçait méchamment.

Martine passait désormais tous les soirs chez Nicolas pour acheter la bouteille de Veuve Clicquot avant de se rendre à l'hôpital. Elle s'arrêtait d'abord à la « tirette » du Crédit Agricole pour attraper les billets. Elle se demandait chaque jour avec anxiété si le compte bancaire de sa mère où étaient rassemblées toutes les économies supporterait encore longtemps de les désaltérer toutes les deux au champagne. Martine avait pris goût à la Veuve et il lui était désormais difficile de s'abreuver de Valstar aux autres heures de la journée. Son existence était maintenant régie par le rendez-vous quotidien avec sa mère et elle ne vivait plus que dans l'attente de six heures du soir. Elle devait convenir que retrouver ainsi sa mère après tant d'années d'errance affective la plongeait dans une sorte de bonheur idiot qu'elle n'avait pas connu jusque-là. Pourtant, mère et fille continuaient à s'envoyer des horreurs à la figure et, au moment de se quitter, il n'était pas rare que Martine eût recours au bras d'honneur pour saluer Biquette. Mais, au fond, le principal était qu'elles tiennent comme ça toutes les deux le plus longtemps possible. Parce que, maintenant, il s'agissait de tenir. Martine s'en rendait compte ; la Veuve Clicquot allait bientôt prendre ses quartiers ailleurs.

Le caviste, dès qu'il voyait Martine pénétrer dans la boutique, allait directement chercher la bouteille dans le réfrigérateur et la posait sur le comptoir. Il l'accueillait maintenant avec un grand sourire. Martine, d'un air goguenard, attendait qu'il la glisse dans le carton (c'était, tous les soirs, emballage-cadeau), puis elle sortait les trois billets de sa poche, les frappait sur le comptoir et attendait sa monnaie. Ils n'échangeaient pas une parole mais des sourires complices, et le caviste n'eut jamais le fin mot de l'histoire. Un jour, il ne vit plus cette drôle de bonne femme mal attifée et un peu bancale franchir le seuil de sa boutique. Il se surprit à l'attendre. L'attente dura quelque temps et, à six heures moins le quart précisément, il s'étonnait qu'elle ne fût pas là. Il la crut malade, ou embarquée pour escroquerie (l'argent du champagne sentait mauvais, tout de même), puis il l'oublia.

Biquette surveillait l'heure. Six heures arriveraient bientôt, seraient là dans quelques minutes. Et la porte s'ouvrit enfin. Martine comprit en voyant sa mère que l'apéro du soir n'allait pas être olé olé. Ces séances festives devenaient un peu pénibles pour elle, malgré le goût de la Veuve et des bretzels qu'elle s'envoyait toute seule depuis que la vieille ne voulait plus rien avaler. Ce soir-là, une Valstar dans un bar avec des tas de types qui raconteraient des histoires drôles en s'empiffrant de cacahuètes sembla à Martine plus enviable que d'être ici, à voir se déformer le visage de sa mère sous l'effet de la douleur. Biquette pouvait à peine parler. Elle dit tout de même Ah, te voilà enfin, et Martine lui lança un regard noir : elle était à l'heure et il n'y avait pas matière à lui reprocher quoi que ce soit. Elle s'assit sur le lit, posa sa main sur le front de Biquette et diagnostiqua qu'elle avait de la fièvre. Je te remercie, arriva à articuler Biquette, sans toi, je ne saurais pas que je suis malade ! Cette pique, c'était un cadeau qu'offrait Biquette à Martine ; elle ne voulait rien changer à ses habitudes pour ne pas effrayer sa fille, ce qui, vu les circonstances, paraissait décalé et absurde. Elle s'enquit pourtant de la santé de sa petite-fille, qu'elle ne verrait plus jamais, et dont elle espérait secrètement qu'elle serait heureuse, va savoir pourquoi. Que devient Martine, ta fille, précisa-t-elle au cas où sa fille aurait oublié qu'elle avait une fille. Tu veux parler de la Chiasse ? Qu'est-ce que ça peut te foutre, répondit l'autre tout à trac. Dès qu'on évoquait la chair de sa chair, Martine était sur les dents. L'ingrate n'avait même pas appelé sa mère pour son anniversaire, mais trois jours après elle avait téléphoné pour quémander de l'argent. Elle était sur le point de s'emballer contre sa progéniture lorsque Biquette poussa un râle qui lui coupa les jambes et toute envie de se lancer dans un réquisitoire contre la sale môme.

— Maman !

Sa mère ne répondit pas.

— Maman !

Toujours rien, hormis un gémissement à peine audible. Martine paniqua. Elle se précipita dans le couloir à la recherche d'une infirmière. Nadia était de service ce soir-là. Elle s'était attachée à Bernadette et savait ses heures comptées. Elle entra dans la chambre et s'approcha de la moribonde. Elle lui parla dans le creux de l'oreille en la serrant contre elle et en la berçant comme une mère le fait avec son enfant. Martine eut envie de pleurer. Nadia avait les gestes sûrs et tendres à la fois. Dans ses bras, Biquette se laissait aller à redevenir une toute petite fille. Nadia se releva enfin et demanda à Martine de la suivre dans le couloir. Votre maman est vraiment très mal en point. Avez-vous pris des engagements pour la soirée ? Martine sembla ne pas comprendre. Je vous demande cela parce que, si vous n'en avez pas pris, peut-être serait-il bien que vous passiez la nuit auprès d'elle. Martine ne put s'empêcher de penser au champagne qui prenait la chaleur dans la chambre surchauffée. La soirée bulles s'enclenchait mal. Elle avait soif, il fallait qu'elle avale un truc, n'importe quoi, pourvu que ce soit de l'alcool. Pour la première fois de sa vie, elle s'entendit prononcer ces mots : Je suis alcoolique, je dois boire tout de suite quelque chose, ou je vais me sentir mal. Nadia la regarda sans la juger et lui suggéra d'ouvrir la bouteille qu'elle avait apportée. Est-ce que cela lui suffirait pour tenir la nuit ? Martine n'en revint pas de tant de compréhension et de bienveillance. Seulement, ajouta l'infirmière, n'en veuillez pas à votre mère si elle ne trinque pas avec vous. Vous êtes en train de me dire qu'elle va mourir, n'est-ce pas ? Je suis simplement en train de vous proposer de rester si vous le désirez. Si vous ne souhaitez pas, je le comprends tout à fait, mais dans ce cas il faudrait que vous partiez maintenant.

Martine remercia Nadia et entra dans la chambre. Elle ne savait pas quoi faire. Qu'est-ce qu'elle souhaitait, la vieille, qu'elle parte, ou qu'elle reste ? Biquette avait les yeux fermés comme pour laisser sa fille prendre sa décision en son âme et conscience. Mais Martine avait plus que jamais besoin d'elle. Elle voulait que sa mère lui ordonne quelque chose, lui dise ce qu'il fallait qu'elle fasse. Elle s'approcha de la mourante. Biquette eut à peine un mouvement, mais il sembla à Martine qu'elle avait souri. Cela la décida ; elle resterait. Elle sortit de l'armoire les deux coupes en verre ciselé, les posa sur la table de chevet, ouvrit la bouteille de champagne et répartit le liquide de façon égale dans les verres. À la tienne, la vieille ! Et elle but cul sec la première coupe, cul sec la seconde. Bon sang, qu'est-ce que ça faisait du bien.

Biquette entendit le « pop » du bouchon. La petite garce buvait donc sans elle ! Elle avait vraiment mal élevé ses enfants. Mais elle était heureuse de savoir que sa fille était encore dans la chambre, qu'elle n'avait pas fui comme une voleuse avec la bouteille sous le bras. Elle voulut se redresser et ouvrir les yeux pour la regarder, mais rien à faire, elle n'en trouvait pas la force. Le temps passait et elle perdait parfois connaissance. Lorsqu'elle revenait à elle, elle sentait la présence de Martine, et ça la réconfortait. Elle crut entendre un pleur. Ah, elle ne va quand même pas se mettre à chialer ! pensa Biquette, puis elle replongea dans le vide. Quand elle se réveilla de nouveau, elle perçut qu'il n'y avait plus de lumière dans la chambre. C'était la nuit. Elle était incapable de se souvenir si l'armada d'infirmières était venue lui prodiguer les soins. Elle crut qu'elle rêvait lorsqu'elle entendit un ronflement. Et pas un petit ! Quel pauvre bougre avait-on bien pu installer dans sa chambre pour la nuit ? Ils étaient peut-être en manque de place dans cet hosto minable, mais il y avait des limites ! Elle ne se priverait pas de pousser une gueulante dès le lendemain matin. Fallait quand même pas pousser mémé dans les orties ! C'était sa mère qui disait ça, tout le temps : Faut pas pousser mémé dans les orties. Les orties, c'était sa bête noire. Il n'y en avait pas beaucoup dans les forêts, mais elle avait un souvenir affreux du contact de la plante contre ses mollets et de la brûlure qu'elle y avait laissée. Elle frissonna. Ses draps étaient trempés, et elle s'imaginait qu'elle était en train de courir sous la pluie, le jour où... Qu'est-ce qui avait bien pu se passer déjà ce jour-là ? Quel jour avait-elle été trempée par la pluie, les mollets brûlants, dans les forêts ? Non, ce n'était pas dans les forêts, c'était au cimetière, pour Jacques, mon petit chéri, toi aussi tu dois avoir froid. Tu ne m'écoutais jamais quand je te disais de te couvrir. Tu m'entends, petit morveux, mets ton écharpe, enfile tes gants, mon amour, tu t'es bien fichu de moi. J'ai mal. Je me défais de tous les côtés. Qui est-ce qui ronfle aussi fort ? Je voudrais qu'on m'installe dans la forêt et qu'on me foute la paix. Ah oui, ça y est, je me souviens, les forêts, la biche.

Biquette vit la bête venir vers elle en boitant. Elle souriait comme on n'a jamais vu une biche sourire. Ma tante se dit que c'était étrange ce sourire alors que la patte arrière était déchiquetée et que ça devait faire un mal de chien. Elle ouvrit les bras pour accueillir la biche qui souriait. Viens ma belle, viens, tu dois mourir de froid toi aussi. Et puis tu dois souffrir, qu'est-ce que tu dois souffrir ! Je vais te protéger, approche, approche donc, n'aie pas peur, je ne te ferai aucun mal. Si tu savais comme j'aurais voulu être toi, vivre dans les forêts, me nourrir de... mais de quoi te nourris-tu, exactement ? Tu vois, j'ai passé ma vie à aimer les forêts, et j'ignore jusqu'à ce que mangent les biches pour survivre. Ne m'en tiens pas rigueur. J'ai mal, moi aussi, si tu savais comme j'ai mal. Nous souffrons toutes les deux. Au moins, nous sommes deux. Mais tu viens vers moi en souriant, et je ne trouve rien de mieux que de me plaindre. Je ne suis pas digne de toi. Je n'ai jamais été digne de personne, et pourtant, bon sang, qu'est-ce qu'on m'a aimée. J'ai été aimée, la biche, plus que la plupart des femmes qui se promènent dans les rues avec leur air de dinde et leur sourire tarte, croyant que la vie leur est acquise une bonne fois pour toutes. Nous, la biche, on s'en fout. Oh, comme ta patte est abîmée ! Viens, viens, je vais te guérir, je vais t'embrasser, je vais...

L'animal vint contre elle, posa sa tête sur son épaule, et.

Des cris infernaux réveillèrent infirmières et malades.

— Maman !

Il fallut appeler du renfort pour maîtriser Martine qui se jetait contre les murs en hurlant. On parvint à la calmer un peu, on l'installa dans la salle de repos du personnel hospitalier avec un café, une bière et des cigarettes. Un calme gourd lui tomba dessus tout à coup. C'était encore plus effrayant que l'accès de fureur qui s'était emparé d'elle quand elle avait découvert que sa mère était morte.

L'enterrement de Biquette

Lorsque j'appris la nouvelle de la mort de ma tante, je ne ressentis rien. Je ne la connaissais pas, je ne l'aimais pas, elle ne m'était rien. Je suis incapable de me rappeler qui m'a annoncé sa mort, ni ce que j'ai répondu quant à ma présence aux obsèques. On verrait bien, oui, je viendrais peut-être à l'enterrement. Il me semble que c'est avec mon frère que j'ai finalement pris la décision de m'y rendre. Quelque chose m'intéressait dans ce déplacement. Je ne le faisais pas par bonté d'âme vis-à-vis de mes cousins (aucun d'eux ne s'était rendu à l'enterrement de ma mère), je ne le faisais pas par devoir familial (il y avait longtemps que la famille me laissait indifférente), mais peut-être avais-je envie de rencontrer une dernière fois ceux qui étaient « du côté » de ma mère. Peut-être voulais-je voir mon frère que je voyais peu, et que je trouvai là une occasion de renouer un lien. Je ne sais pas. J'envisageais l'enterrement de ma tante comme une expérience. Je ne verserais pas une larme, je le savais. J'allais revoir Martine, un vague souvenir d'enfance, une jolie petite fille assez lointaine ; je n'avais pas le souvenir d'un échange avec elle. Devenue une femme dont ma grand-mère ne s'était jamais privée de dire qu'elle était une personne de mauvaise vie, pire que ça : une alcoolique agressive et méchante. Mon cousin, que j'avais eu au téléphone pour les modalités de l'enterrement, m'avait prévenue : Tu vas avoir un choc. Si même son propre frère me mettait en garde pour me mettre à l'abri d'un choc, Martine devait être dans un sale état. Je crois que, finalement, c'est l'envie de faire sa connaissance qui m'a poussée à me rendre aux obsèques.

Je l'ai tout de suite reconnue, mais je n'avais aucun mérite. Elle ressemblait tant à sa mère.

(Dans le grand ascenseur de l'institut Curie où on l'avait installée pour l'emmener au sous-sol faire des examens, le brancardier avait demandé à ma mère en me désignant : C'est votre sœur ? Parce que c'est étonnant la ressemblance. Et ma mère, fière, avait répondu Non, c'est ma fille. Et moi, effondrée, j'avais souri pour faire semblant de me réjouir d'avoir une mère qui paraissait si jeune, même malade, même au seuil de la mort. Je semble donc si vieille, me disais-je. Non, c'est ma mère qui est jeune, me répondais-je, et de poursuivre cette conversation sans fin tandis que les portes de l'ascenseur s'étaient refermées, emportant celle que j'aimais vers les machines à explorer la maladie.)

Martine avançait les deux mains vers la tombe

comme si elle voulait toucher, non pas la terre, non pas le cercueil, mais une absence certaine, un grand vide, quelque chose qui aurait été sa mère, et qui ne l'était plus. Et comment décrire ces mains qui voulaient attraper et chasser en même temps une réalité qui ne convenait pas? Oui, ça clochait. Et Martine se retournait parfois vers nous, les yeux en demande, la bouche tordue par une plainte qui ne trouvait pas ses mots. Les autres pleuraient aussi, mais je ne voyais qu'elle.

C'est là, devant la tombe, que je découvris celle que je m'étais toujours bien gardée de vouloir connaître. Je luttais, et ma lutte ressemblait à une espèce de fou rire intérieur qui la maintenait à distance. Elle, ma cousine? Et pourquoi pas Bécassine ou le capitaine Crochet? Je m'éloignai, regardai d'autres tombes, éprouvai une peine très profonde en découvrant que la petite Aurore n'avait vécu que neuf ans, que la pierre tombale était entourée de fleurs fraîches et nombreuses alors que sa mort avait eu lieu quatre années auparavant. Je n'avais pas d'enfant. J'allais rencontrer l'homme avec qui je concevrais Fanny, mais je l'ignorais encore ce jour-là. J'étais torturée à l'idée que cet homme n'existe pas. Je revis, devant la tombe d'Aurore, tous les hommes que j'avais un peu aimés mais pas au point de vouloir un enfant. Qu'est-ce qui fait que les choses arrivent, ou n'arrivent pas? me demandais-je. J'étais désespérée, non par la mort de ma tante mais par mon incapacité à mettre au monde un enfant. Je n'aurais jamais d'enfant, me disais-je en regardant de loin le petit groupe de gens malheureux, et c'est pourtant à la portée de tout le monde, me disais-je encore en m'obligeant à me rapprocher ; on allait distribuer les roses. Mais il faut peut-être un talent que je n'ai pas, me disais-je encore, ma mère m'a eue, ma grand-mère a eu ma mère, mon arrière-grand-mère a eu ma grand-mère, et moi je n'aurais rien ! Quand, deux années plus tard, sur la table d'échographie, le médecin m'annonça que ce serait une fille, je me sentis immédiatement mauvaise mère. D'autant que je me mis à aimer si fort ma fille que cet amour me parut suspect. Pauvre petite fille, me disais-je, c'est donc moi, la mère que tu vas avoir. Et plus je me désespérais, plus je l'aimais. Au point que je commençai à avoir peur de sa réalité. Je lui parlais le soir, lorsqu'elle bougeait dans mon ventre, l'invitais déjà à prendre ses distances, la sommais d'être indépendante. Quand, à trois ans, Fanny prit sa valise à fleurs et fit mine de partir de la maison, je me dis que j'avais peut-être été un peu loin.

Je saisis à temps la dernière rose et m'avançai vers la tombe de ma tante. Je lançai la fleur sans indifférence. Je pus rassembler les quelques images de mon beau souvenir : une pluie qui tombe lorsqu'on est bien au chaud à l'intérieur. C'est ainsi que je dis au revoir à Biquette, et je me suis mise à sourire en l'imaginant à l'abri de tout.

Mon frère me demanda où j'étais passée pendant le discours, et je lui répondis que les discours me glaçaient.

Dans la salle des fêtes, les gens buvaient beaucoup. J'appris que des places pour le concert de Charles Aznavour avaient été prises peu avant sa mort. C'était un cadeau que nombre d'entre eux voulaient offrir à ma tante, ils étaient de connivence, elle ne devait pas mourir avant d'entendre son idole une dernière fois. Mais elle mourut. Même Charles n'avait pas pu la tenir en vie. Et c'est cela qui était triste, nous accordions-nous tous à dire. Je m'unissais à eux dans la douleur de cette mauvaise nouvelle. Enfin un événement qui me touchait. Les chansons qu'on aime, on voudrait les écouter avant de mourir. C'est peut-être même la dernière chose que l'on souhaiterait faire avant de mourir. La seule fois de ma vie où j'ai été sur le point de mourir, je ne le savais pas. J'avais six ans, je ne voulais pas écouter de chansons, je voulais manger du melon. Et le jour où le chirurgien nous a annoncé qu'un jour je pourrais manger de nouveau du melon, tout le monde s'est mis à pleurer : ma mère, mon père et moi. La vie revenait. Je mangerais du melon, un jour, dans très longtemps, mais cela signifiait que je n'étais pas condamnée à mort. Peut-être que, lorsque le chirurgien a annoncé que je pourrais un jour manger du melon, j'ai compris que j'étais passée tout à côté de la mort. J'ai su aussi que j'allais mourir un jour. J'étais déjà un peu morte sans doute, et je passe ma vie à flirter avec ce moment particulier de ma mort d'autrefois, si proche. Je cherche à la côtoyer au plus près, à la connaître, à l'apprivoiser, à la convoquer. Je tente de l'amadouer, je voudrais qu'elle soit clémente et patiente. Je lui parle, je m'en fais une amie. Je fayote même un peu pour qu'elle ne m'appelle pas à elle trop vite. Il m'arrive de lui donner des noms gentils.

Et de croiser l'immonde Jean-Christophe qui avait voulu m'embrasser quand j'avais quatorze ans sous prétexte que, dans la famille, on pouvait tout se permettre puisque ça restait entre nous. Je le salue comme on salue les sales types, la main molle et les yeux dans le vague. Ce n'est vraiment pas le moment de provoquer un scandale. Bonjour, petit salopard, tu es toujours en vie ? Oui, ça va bien merci, et toi, chère cousine, qu'est-ce que tu deviens ? D'abord, je ne suis pas ta cousine, et puis je t'emmerde, tu es encore pire que dans mon souvenir. Ah, tu es designer ? Ça consiste en quoi ? À t'écraser la tronche sur une planche pour que tu passes en deux dimensions. Je suis content de te revoir. Va te faire foutre, connard. Oui, ça me ferait vraiment plaisir qu'on bavarde un peu. Je te laisse mon numéro, tu appelles quand tu veux.

J'aperçois mon frère parler avec une femme que je ne connais pas. Il est animé, fait de grands gestes. Allez, Hugo, on va partir.

Martine vient vers moi. Elle désigne mon fume-cigarette et sort le sien d'un sac banane.

C'est génétique, rit-elle. Je suis heureuse de pouvoir échanger quelques mots avec elle sur le bonheur que l'on éprouve à fumer avec un fume-cigarette. Je voudrais qu'on ne parle que de ça, de la fraîcheur de la peau puisque la fumée est éloignée du visage et ne brouille pas le teint, de l'avantage de l'embout rigide, de la classe folle que ça nous donne, mais dont l'habitude nous ôte la sensation. Lilli Palmer dans *Montparnasse 19*... Une référence que je garde pour moi. Je reviens à la charge ; j'évoque maintenant les aspects sanitaires de l'objet : quel bonheur de changer les filtres et de les constater noirs. Au moins ça que nos poumons n'auront pas ! Sur ces paroles qui se veulent drôles, Martine dévisse l'embout de son fume-cigarette et me montre ce qui lui fait office de filtre : du Sopalin roulé serré qu'elle fourre dans l'espace réservé aux bons filtres Denicotea. Au prix où ça coûte, ces machins-là. Moi, je ruse ! Je ris de sa ruse et ne trouve plus rien à ajouter sur les fume-cigarette.

Je voudrais m'en aller. Mais la mollesse du départ s'en prend à moi et m'oblige à rester, à bavarder à droite à gauche, à évoquer ma tante dont je ne me souviens pas, à dire des choses que je n'ai pas envie de dire, à devenir une cousine comme les cousines des enterrements, courtoise, lointaine, gentille, intéressée soudain par un fait de famille, espérant qu'il va me donner du cœur, m'inviter à participer davantage, et puis ce fait s'épuise déjà, l'indifférence le recouvre, et il ne s'agit plus alors que d'être là en attendant que les langues en aient fini, que les estomacs se creusent, que l'heure des au revoir s'impose.

« Sacré », entendais-je où que traînent mes oreilles. Une sacrée bonne femme, une sacrée joie de vivre, une sacrée battante, un sacré caractère. Qui n'entourerions-nous pas de ces mots une fois que la mort a frappé ? Nous sommes tous sacrés, finalement, mais dans ce monde qui enterrait ma tante ce jour-là, c'est le mot qui revenait, parce que parler de la vie de quelqu'un qui est devenu mort est un exercice périlleux qui demande un peu de concentration. Et je crois que personne n'avait envie de se concentrer pour trouver les mots justes. Je pense au récit magnifique et poignant de Didier Eribon qui a pour titre *Retour à Reims.* Et je le sens à mes côtés lorsque j'ose avancer que les mots manquèrent ce jour-là comme ils avaient toujours manqué pour dire la souffrance, mais aussi l'amour.

Dialogue

— Maman ?

— Qu'est-ce qu'il y a encore ?

— Je crois que j'ai fait quelque chose de grave.

— Rien n'est grave, ma chérie, je t'assure, rien n'est grave.

— Je crois pourtant que tu vas m'en vouloir beaucoup.

— Qui suis-je aujourd'hui pour pouvoir te tenir rigueur de quoi que ce soit ?

— Tu es ma mère, maman !

— Ah, voilà que ça recommence...

— J'ai...

— Ne me dis rien. Tais-toi. N'as-tu pas compris que j'étais fatiguée ?

— Maman, sans toi, je n'y arrive pas.

— Quelle enfant tu es. J'espère que ta fille aura un peu plus de plomb dans la cervelle et qu'elle comprendra que c'est une chance d'arriver à se passer de sa mère !

— Comme tu es cruelle.

— Les mères sont cruelles, les mères sont

folles, les mères n'en peuvent plus de devoir être ni cruelles ni folles. Quand, enfin, aurastu compris ça ? Alors, par pitié, cesse de me convoquer pour un oui ou pour un non. Je t'ai déjà demandé plusieurs fois de me laisser tranquille. Ma chérie, laisse-moi en paix. Si tu savais comme la paix est une chose à laquelle j'aspire. Cesse de boire, cesse de fumer, cesse de te poser des questions, cesse d'être en guerre contre le monde entier, trouve-toi un travail, et guéris de moi. C'est ce qui me fera le plus plaisir, puisque tu continues à croire que ce que je pense a de l'importance.

— Maman, tu acceptes enfin de me parler. Je voudrais alors te demander une dernière chose.

— Je t'écoute.

— Penses-tu que ce soit un crime d'écrire un livre ?

— Te sentirais-tu coupable d'écrire un livre ?

— Oui.

— Alors, c'est un crime.

Et ma mère disparut pour toujours.

PREMIÈRE PARTIE

MARTINE

DEUXIÈME PARTIE

BIQUETTE

DU MÊME AUTEUR

Aux Éditions Gallimard

RUE JEAN-DOLENT, 2000

TU ME TROUVES COMMENT ?, 2001

J'AI RENVOYÉ MARTA, 2005 (Folio n° 4529)

PETIT ÉLOGE DE LA HAINE, 2008 (Folio 2 € n° 4789)

NOUS ÉTIONS DES ÊTRES VIVANTS, 2010 (Folio n° 5340)

LES RAISONS DE MON CRIME, 2012 (Folio n° 5651)

Chez d'autres éditeurs

LE CONTRETEMPS, Éditions du Griot, 1993

JANUS, Éditions à Hélice, 1993

PETIT DÉJEUNER AVEC MICK JAGGER, L'Olivier, 2008 (Points n° 2445)

HANNAH OU L'INSTANT MORT, dessins de Romina Pelagatti, Éditions Noviny44, 2010

LE CONTRETEMPS, Éditions des Busclats, 2012

COLLECTION FOLIO

Dernières parutions

5466. Jack Kerouac	*Sur les origines d'une génération* suivi de *Le dernier mot*
5467. Liu Xinwu	*La Cendrillon du canal* suivi de *Poisson à face humaine*
5468. Patrick Pécherot	*Petit éloge des coins de rue*
5469. George Sand	*Le château de Pictordu*
5470. Montaigne	*Sur l'oisiveté* et autres Essais en français moderne
5471. Martin Winckler	*Petit éloge des séries télé*
5472. Rétif de La Bretonne	*La Dernière aventure d'un homme de quarante-cinq ans*
5473. Pierre Assouline	*Vies de Job*
5474. Antoine Audouard	*Le rendez-vous de Saigon*
5475. Tonino Benacquista	*Homo erectus*
5476. René Fregni	*La fiancée des corbeaux*
5477. Shilpi Somaya Gowda	*La fille secrète*
5478. Roger Grenier	*Le palais des livres*
5479. Angela Huth	*Souviens-toi de Hallows Farm*
5480. Ian McEwan	*Solaire*
5481. Orhan Pamuk	*Le musée de l'Innocence*
5482. Georges Perec	*Les mots croisés*
5483. Patrick Pécherot	*L'homme à la carabine. Esquisse*
5484. Fernando Pessoa	*L'affaire Vargas*
5485. Philippe Sollers	*Trésor d'Amour*
5487. Charles Dickens	*Contes de Noël*
5488. Christian Bobin	*Un assassin blanc comme neige*
5490. Philippe Djian	*Vengeances*
5491. Erri De Luca	*En haut à gauche*
5492. Nicolas Fargues	*Tu verras*
5493. Romain Gary	*Gros-Câlin*
5494. Jens Christian Grøndahl	*Quatre jours en mars*

5495.	Jack Kerouac	*Vanité de Duluoz. Une éducation aventureuse 1939-1946*
5496.	Atiq Rahimi	*Maudit soit Dostoïevski*
5497.	Jean Rouaud	*Comment gagner sa vie honnêtement. La vie poétique, I*
5498.	Michel Schneider	*Bleu passé*
5499.	Michel Schneider	*Comme une ombre*
5500.	Jorge Semprun	*L'évanouissement*
5501.	Virginia Woolf	*La Chambre de Jacob*
5502.	Tardi-Pennac	*La débauche*
5503.	Kris et Étienne Davodeau	*Un homme est mort*
5504.	Pierre Dragon et Frederik Peeters	*R G Intégrale*
5505.	Erri De Luca	*Le poids du papillon*
5506.	René Belleto	*Hors la loi*
5507.	Roberto Calasso	*K.*
5508.	Yannik Haenel	*Le sens du calme*
5509.	Wang Meng	*Contes et libelles*
5510.	Julian Barnes	*Pulsations*
5511.	François Bizot	*Le silence du bourreau*
5512.	John Cheever	*L'homme de ses rêves*
5513.	David Foenkinos	*Les souvenirs*
5514.	Philippe Forest	*Toute la nuit*
5515.	Éric Fottorino	*Le dos crawlé*
5516.	Hubert Haddad	*Opium Poppy*
5517.	Maurice Leblanc	*L'Aiguille creuse*
5518.	Mathieu Lindon	*Ce qu'aimer veut dire*
5519.	Mathieu Lindon	*En enfance*
5520.	Akira Mizubayashi	*Une langue venue d'ailleurs*
5521.	Jón Kalman Stefánsson	*La tristesse des anges*
5522.	Homère	*Iliade*
5523.	E.M. Cioran	*Pensées étranglées* précédé du *Mauvais démiurge*
5524.	Dôgen	*Corps et esprit. La Voie du zen*
5525.	Maître Eckhart	*L'amour est fort comme la mort* et autres textes

5526. Jacques Ellul	*«Je suis sincère avec moi-même»* et autres lieux communs
5527. Liu An	*Du monde des hommes. De l'art de vivre parmi ses semblables.*
5528. Sénèque	*De la providence* suivi de *Lettres à Lucilius (lettres 71 à 74)*
5529. Saâdi	*Le Jardin des Fruits. Histoires édifiantes et spirituelles*
5530. Tchouang-tseu	*Joie suprême* et autres textes
5531. Jacques de Voragine	*La Légende dorée. Vie et mort de saintes illustres*
5532. Grimm	*Hänsel et Gretel* et autres contes
5533. Gabriela Adameşteanu	*Une matinée perdue*
5534. Eleanor Catton	*La répétition*
5535. Laurence Cossé	*Les amandes amères*
5536. Mircea Eliade	*À l'ombre d'une fleur de lys...*
5537. Gérard Guégan	*Fontenoy ne reviendra plus*
5538. Alexis Jenni	*L'art français de la guerre*
5539. Michèle Lesbre	*Un lac immense et blanc*
5540. Manset	*Visage d'un dieu inca*
5541. Catherine Millot	O Solitude
5542. Amos Oz	*La troisième sphère*
5543. Jean Rolin	*Le ravissement de Britney Spears*
5544. Philip Roth	*Le rabaissement*
5545. Honoré de Balzac	*Illusions perdues*
5546. Guillaume Apollinaire	*Alcools*
5547. Tahar Ben Jelloun	*Jean Genet, menteur sublime*
5548. Roberto Bolaño	*Le Troisième Reich*
5549. Michaël Ferrier	*Fukushima. Récit d'un désastre*
5550. Gilles Leroy	*Dormir avec ceux qu'on aime*
5551. Annabel Lyon	*Le juste milieu*
5552. Carole Martinez	*Du domaine des Murmures*
5553. Éric Reinhardt	*Existence*
5554. Éric Reinhardt	*Le système Victoria*
5555. Boualem Sansal	*Rue Darwin*
5556. Anne Serre	*Les débutants*
5557. Romain Gary	*Les têtes de Stéphanie*